W0273132

Catherine Mauduit-Broussot

Les Filles de l'île perdue

EDILIVRE

Cet ouvrage a été composé par Edilivre

Immeuble Le Cargo, 157 boulevard Mac Donald – 75019 Paris
Tél. : 01 41 62 14 40 – Fax : 01 41 62 14 50
Mail : client@edilivre.com
www.edilivre.com

Imprimé en France
Texte intégral

Dépôt légal.
© Edilivre, novembre 2021

ISBN papier : 978-2-414-56024-0

Tous nos livres sont imprimés dans les règles environnementales les plus strictes. Tous droits de reproduction, d'adaptation et de traduction, intégrale ou partielle réservés pour tous pays.

Chapitre 1
La rencontre

Sterenn était assise sur un banc au bord du quai de Rosmeur, son panier de brodeuse à côté d'elle. Penchée sur son ouvrage, elle relevait la tête de temps en temps, fixait l'horizon d'un air inquiet.

La veille dans un silence pesant, la jeune fille avait vu partir son frère engagé comme mousse pour la première fois. Son patron était en tête comme un chef allant à la guerre, fier et sûr de lui. Toutes les chaloupes suivaient comme une armée en mouvement puis petit à petit, les voiles, qui brillaient au soleil couchant disparurent dans une magnifique danse de couleurs allant du noir au rouge. Les gens à terre, qui admiraient le spectacle, étaient déjà impatients de voir le retour de ce joli poisson argenté si convoité et si important pour la survie de tous.

La jeune fille semblait totalement insensible à la foule des travailleurs occupés au cachoutage, aux bruits des sabots claquant sur les pavés, aux voix aigües des femmes, aux cris des enfants et aux odeurs pestilentielles des tonneaux de rogue débarqués par des gros bateaux norvégiens.

Elle était vêtue d'une simple robe grise, d'un tablier à carreaux et d'un châle tricoté qui lui couvrait ses frêles épaules Sa coiffe blanche et brodée cachait ses beaux cheveux bruns. Des petites mèches semblaient avoir une envie de liberté et sortaient sur son front en tourbillons. Ses bottines élimées montraient de petits pieds d'enfant.

Le cadre enserrant le tulle sur les genoux, elle s'appliquait à passer son fil, une main dessus, une main dessous, pour former de magnifiques roses en léger relief.

Soudain une ombre passa sur le côté ensoleillé, l'obligeant à relever la tête pour voir ce qui se passait.

Un homme très grand se tenait debout devant elle : un jeune gars musclé en tenue de pêcheur, veste et pantalon larges, gros sabots jetés sur l'épaule. Ses yeux étaient petits et noirs presque fermés comme ceux des gens de mer habitués à les plisser, éblouis par les reflets du soleil et de la mer. Il était d'une grande beauté avec son visage buriné et sa petite moustache soigneusement coupée.

Il sourit à Sterenn, dévoilant des dents en bon état. De sa grande casquette, sortaient quelques touffes de cheveux de jais, bouclées.

Cela faisait un long moment qu'il observait la jeune fille. Dès qu'il avait accosté, son premier regard fut attiré par ce joli tableau. Il était sous le charme.

Que faisait-elle si belle au milieu de temps de bruit, de saleté et de mauvaises odeurs ?

Malgré sa grande timidité, il se décida à l'aborder redoutant sa réaction.

« Bonjour ! dit-il d'une voix faussement assurée.

— Bonjour » répondit elle tout en ramassant son panier, prête à s'éloigner.

Quand il s'assit près d'elle, Sterenn eut très peur bien qu'elle le trouva très séduisant.

La réputation des marins n'était pas bonne à Douarnenez et dans les autres ports. Buveurs, brutaux et dépensiers, ils provoquaient fréquemment des bagarres et étaient souvent violents avec les femmes.

C'est ce que sa maman lui disait. Elle l'avait mise en garde à plusieurs reprises, mais les jeunes filles n'écoutent pas toujours leur mère.

Spontanément, il la regarda droit dans les yeux.

« Je m'appelle Yves. Dit-il en lui prenant la main délicatement. La jeune fille sentit ses doigts rugueux de travailleur.

Surprise et charmée, elle répondit aussitôt en souriant.

— Et, moi, Sterenn.

— Vous attendez quelqu'un ? Je vous vois regarder vers l'entrée du port ?

Peut-être attend-elle son mari ? pensa-t-il soudain inquiet.

— Oui, Loïc, mon jeune frère est parti en mer et j'ai très peur pour lui !

— Oh ! Ne vous inquiétez pas, il sera malade comme un chien mais rentrera fier de faire partie des gens de mer !

— J'en doute fort car mes parents étaient tailleurs et n'auraient jamais voulu qu'il soit marin, il a remplacé un garçon blessé et ne connait rien à la pêche !

En prononçant ses mots, elle sentit monter les larmes aux yeux.

« Qu'avez-vous ? « demanda le jeune homme surpris.

Alors pour la première fois, elle raconta à cet inconnu, son histoire, toute étonnée par la confiance soudaine qu'elle lui donnait.

« Un jour, j'étais partie avec mon petit frère chez le boulanger, nous rentrions tranquillement en riant, chacun portant une grosse miche de pain. Loïc avait glissé une partie de la miche sous son gilet et marchait le ventre en avant déclamant qu'il serait plus tard notaire comme monsieur Alphonse. Les passants riaient de ses pitreries et il en était très fier.

Mon frère est un enfant adorable, toujours souriant. Dans son beau costume fait sur mesure, il embellissait la journée par sa bonne humeur et les dames, qui venaient dans le magasin, l'adoraient »

Yves avait envie de lui poser des questions mais il n'osa pas l'interrompre buvant ses paroles d'une douceur infinie.

Sterenn reprit son récit :

« Quand nous arrivâmes dans notre quartier, toute la rue était bondée par une foule affolée qui criait et demandait de l'aide. La cloche des pompiers se fit entendre de loin et nous nous sommes écartés pour les laisser passer. Loïc était ravi et fasciné par leurs uniformes et leur matériel.

Ils vinrent à quatre, tirant et poussant la charrette avec difficulté sur les pavés. Plus nous avancions derrière eux, plus une angoisse m'étreignait le cœur. Quand nous sommes arrivés sur la place, les gens s'écartèrent en nous voyant la tête baissée. J'ai alors vu notre maison en flammes et celle de notre voisin. »

Yves ouvrit la bouche d'étonnement mais la jeune fille lui fit signe qu'elle voulait continuer malgré les larmes qui coulaient le long de son visage.

« Aussitôt placés, les pompiers actionnèrent la pompe avec force et rythme forçant l'admiration des gens rangés sagement le long de la rue. Mais l'eau ne sortait pas…, elle dégoulinait sous le réservoir.

D'énormes flammes léchaient le toit des deux maisons. La fumée sortait par les ouvertures. La chaleur devenait intense.

Le chef jurait comme un charretier désolé et impuissant et voyait brûler les maisons sans pouvoir intervenir. Les voisins, pris de panique pour leur propre maison, s'agitaient dans tous les sens.

Je ne pouvais pas rester les bras croisés et malgré ma peur, je confie la deuxième miche de pain à mon frère totalement tétanisé et je me mis à crier sur les voisins pour qu'ils aillent chercher de l'eau au puits juste à côté. Le chef des pompiers reprit les choses en main mais c'était trop tard pour les deux maisons. »

« C'était horrible » souffla Sterenn en serrant très fort ses mains Elle fut secouée par des frissons mais reprit son histoire.

« C'est à cause de Fanch, il était encore bourré et est tombé dans la cheminée et je crois qu'Etienne est venu le secourir mais leurs habits ont pris feu » dit une femme.

Je n'en croyais pas mes oreilles, ce bon à rien de voisin, avait provoqué une catastrophe et entraîné notre famille avec.

Notre maison était collée à la sienne et comme mes parents étaient tailleurs, les flammes se sont données à cœur joie avec les tissus « dit-elle avec amertume.

La bataille était perdue d'avance malgré le courage des voisins couverts de suie.

Ma mère, ma douce maman apparut alors à la fenêtre et criait terrifiée sans que personne ne puisse approcher. Tous les visages se fixèrent sur elle. Elle nous aperçut et son regard plein d'amour et de tristesse pénétra en moi comme une lame incandescente. Elle me lança un petit sac en velours que je ramassais sans regarder son contenu. Au moment où je relevai la tête, sa robe, sa coiffe et ses cheveux s'embrasèrent elle hurla et disparut.

Soudain un énorme fracas se fit entendre et les deux maisons s'effondrèrent enveloppant mes parents et le voisin dans un nuage de poussière et d'étincelles. A leur place, un grand vide découvrait la ruelle de l'autre côté. Les habitants du quartier terminèrent d'éteindre avec les pompiers.

Notre maison n'existait plus…

Je n'oublierai jamais cette journée si horrible, ni l'odeur de brûlé qui pénétrait dans nos narines et nous faisait tousser, ni les dernières images de ma chère maman.

La foule se dispersa. Des voisins posèrent sur nos épaules des caresses de convenance et repartirent à leur travail, soulagés et sans se soucier de nous.

Figée par ces dernières images, j'avais presque oublié mon frère, trop occupée à aider à porter les seaux d'eau. J'étais épuisée. Loïc ne bougeait plus, ne parlait plus, il était blanc comme un linge. Son beau sourire avait disparu remplacé par des grosses larmes qui coulaient le long de son visage couvert de suie.

Nous sommes restés de longues minutes interminables sans réaction : Deux gamins perdus, main dans la main, complètement choqués et impuissants.

Qu'allions nous devenir ? Nous n'avions plus rien, ni parents aimants, ni maison devenue un tas de cendres, ni argent juste les vêtements qui nous avions sur nous. J'étais la grande, je devais prendre soin de mon frère.

Nous étions si heureux avec Papa et Maman, très gâtés. Mon père était apprécié pour ses qualités de travail. Des femmes aux costumes multicolores du plus simple eu plus recherché, venaient choisir leurs parures pour les différents évènements de leur vie dans notre boutique toujours à la pointe de la mode. Ma mère était une bonne commerçante et aimait donner des conseils à ses clientes très fidèles. Moi, je commençais à broder des coiffes et mon frère apprenait les rudiments du travail de tailleur.

Nous étions inséparables.

La nostalgie de son bonheur passé se lit alors sur son léger sourire. Elle resta un moment plongée dans ses souvenirs.

Yves, lui, restait toujours silencieux.

Sterenn reprit : « vous comprenez maintenant que mon frère est la seule personne qui me reste, je l'aime très fort et je ne supporterai pas qu'il lui arrive quelque chose ! »

Chacun, le regard fixé vers l'horizon, se perdit dans ses sombres pensées. Comme elle ne parlait plus, Yves se leva et s'éloigna en lui faisant un petit signe amical de la main.

« Bon courage, nous nous reverrons bientôt, j'en suis sûr »

Elle répondit à son geste, bouleversée mais apaisée. Elle baissa la tête et sortit son ouvrage.

Chapitre 2
La tante

Des images assaillirent son esprit elle n'avait pas raconté la suite de l'histoire à Yves :

Elle se revoyait elle et son frère, plantés comme deux statues, cramponnés à leurs miches de pain quand ils virent arriver une femme très grande et forte. De sa voix vulgaire, elle se présenta comme la sœur de leur mère.

Elle traînait derrière elle, une bizarre odeur de poisson et d'alcool. Malgré sa tenue débraillée, elle semblait très sûre d'elle. La femme les fixa d'un regard très noir qui n'augurait rien de bon mais que faire, elle était maintenant leur seule famille.

Pourtant la mère de Sterenn n'estimait pas du tout sa demi- sœur. En effet, quand Jeannette était très jeune, elle quitta la maison et s'amouracha d'un pêcheur alcoolique qui l'engrossa rapidement et plusieurs fois. Sans scrupules, il lui volait tout son salaire de sardinière pour aller boire. Un jour le corps de l'homme fut découvert, flottant dans le port.

Certaines personnes qui le sortirent de l'eau, constatèrent un énorme hématome derrière la tête mais personne ne pipa mot. Ils étaient trop contents qu'il ne soit plus là pour chercher la bagarre et chacun retourna à son travail.

Débarrassée de son encombrant compagnon, elle prit sa vie en main avec autant de violence que celle qu'elle avait subie tapant sur sa belle-mère et ses enfants avec rage.

Tandis qu'elle se promenait après sa journée à la friterie, un homme s'approcha d'elle et lui demanda si elle connaissait quelqu'un intéressé pour reprendre le café et l'épicerie laissés vacants après la mort de sa locataire. Finaude, Jeannette flaira la bonne affaire et lui proposa sa candidature.

L'homme n'hésita pas et Jeannette devint la tenancière du café et de tout le bâtiment. Devenue la maîtresse du vieux propriétaire sans héritier, elle s'arrangea pour qu'il lui laisse les murs et le fond. Il mourut quelques temps plus tard.

Elle ramena toute sa famille dans leur nouvelle maison et commença à prendre en main sa nouvelle vie. Elle organisa une vie secrète, qui en aurait étonné plus d'un Mais il fallait qu'elle soit au courant de tout ce qui se passait au port pour son commerce. Toute la maisonnée vivait dans la terreur des colères incontrôlables de Jeannette. Ses enfants, dès qu'ils furent en âge de travailler, se retrouvèrent sur le port pour gagner leur vie.

La pauvre belle-mère s'occupait de la maison, du café et des plus jeunes enfants sous les insultes de cette mégère.

Jeannette trouvait, tout à fait normal, que ses grands donnent tout leur salaire en contre partie du gîte et du couvert.

Quand elle apprit la mort de sa demi-sœur et de son beau- frère, elle se dit que ce serait pour elle, deux bouches à rentabiliser.

Dès qu'elle aperçut les enfants, son regard se porta vers le sac que portait la jeune fille, Sterenn ne l'avait pas encore ouvert.

La femme lui arracha des mains et regarda à l'intérieur avec avidité. D'un air satisfait elle leur dit :

« Bon ça paiera l'enterrement, ça ne sera pas trop cher puisqu'il n'y a pas trop des choses à enterrer ! » Jeannette se mit à rire de sa bonne blague. Reprenant son sérieux, elle continua :

« Mes petits morveux, va falloir travailler parce que je ne vais pas vous nourrir à rien foutre ! »

Pendant que des voisins sortaient les corps calcinés, elle donna des ordres à voix basse pour les préparatifs de la Cérémonie.

Les pauvres enfants n'eurent aucun mot à dire, la femme se retourna vers eux et leur signe de la suivre.

Ils la suivirent comme des petits chiens perdus.

Sterenn supposa que ses parents finirent dans la fosse.

Commune ou pire !

Une nouvelle vie de misère et de violence commença pour eux. Malgré tout, le frère et la sœur étaient ensemble, plus soudés que jamais.

Chapitre 3
Mélanie

Sterenn ne parlait plus. Yves se leva doucement et glissa sans qu'elle le remarque, une broche magnifique en forme de colombe sertie de pierres multicolores dans son panier. Le jeune homme l'avait trouvée dans la cachette de son père : il savait que ce bijou venait d'un naufrage et voulait le vendre pour acheter du matériel.

Devant la détresse de la jeune fille, il avait préféré lui donner. Cette rencontre l'avait bouleversé : Il s'éloigna sans bruit.

Tout en marchant vers la corderie, il se souvint des derniers jours de ses parents.

Sur leur ile de Balaneg, ils vivaient de la pêche, cultivaient de minuscules lopins de terre et élevaient quelques vaches et moutons. Cela leur suffisait pour vivre sur ce bout de terre loin de tout.

Son père était un homme très violent. Dès l'annonce d'une tempête, il ne tenait plus en place tout excité à l'idée de trouver sur la plage des « cadeaux » venus des bateaux coulés.

Très pingre, il entassait ses merveilles dans une petite grotte très profonde sous le poulailler et connue de lui seul.

Son bonheur était de trouver sur la grève des tonneaux d'alcool, surtout du rhum qu'il affectionnait au plus haut point et qu'il savourait des jours entiers.

Si sa femme avait le malheur de l'approcher, il la giflait avec une telle force qu'elle tombait souvent par terre.

Yves détestait son père et souffrait de voir sa mère dépérir jour après jour. Il serrait les poings mais n'osait pas affronter cet homme brutal et coléreux. Il était beaucoup trop jeune pour l'affronter.

Mélanie avait rêvé de partir très loin de Ouessant, de voyager, influencée par les récits des marins qui racontaient à leur retour les merveilleux paysages et la douceur de vivre sous une douce chaleur des tropiques.

Elle n'avait jamais quitté son ile et ne connaissait rien de la vie. C'était une jeune fille simplette et naïve, très jolie et très rêveuse. Courageuse, elle travaillait dur avec sa mère comme toutes les femmes de l'ile, isolées pendant que les hommes pêchaient au loin. Elles avaient peu de contact avec les autres iles et le continent. Toujours occupée par les travaux de la petite ferme et l'entretien des chemins, elle retrouvait le soir quelques-unes des jeunes filles de son voisinage pour se raconter leurs rêves.

Lorsque débarqua un jour, un beau jeune homme près de chez elle, Mélanie resta bouche bée de longues minutes et n'eut, à partir de ce moment-là que les yeux fixés sur lui, malgré les moqueries de ses amies. Il s'en rendit compte rapidement et lui fit une cour assidue attisant sur elle, la jalousie des autres filles. Il avait bien deviné la fragilité de cette adolescente et sut lui parler et la conquérir par ses beaux discours.

Très flattée que cet homme s'intéresse à elle et aussi fière d'être l'élue de son cœur, elle n'hésita pas longtemps à le suivre vers une destination inconnue. La tête pleine rêves exotiques, de soieries et de surprises exaltantes.

Tout était bon pour quitter Ouessant et une nuit, elle le rejoignit en toute confiance, pleine d'espoir, sans un regard vers le village. Elle ne sut jamais que sa mère se laissa mourir de chagrin.

Hervé avait juste besoin d'une femme pour assouvir ses instincts de mâle et trouver une bonne pour les tâches ménagères. Il était seul sur l'ile depuis la mort de ses parents et s'ennuyait ferme.

Sans scrupules, il la manipula et profita de son jeune âge pour qu'elle crût, qu'il emmenait habiter sur une île paradisiaque, loin des brumes et des tempêtes.

Que de désillusions pour cette pauvre jeune fille quand elle s'aperçut qu'elle avait débarqué sur une île minuscule, peu éloignée de son île natale.

Honteuse mais docile et amoureuse, elle travailla comme une bonne fille subissant les assauts répétés de son compagnon Elle savait qu'elle était coincée sur ce morceau de cailloux pour le restant de sa vie et qu'elle était responsable de la situation.

Quand Yves naquit, elle fut la plus heureuse des mères et malgré la violence de son mari, elle donna tout son amour à sa famille, lui enseigna tout ce qu'elle savait sur la nature et les travaux des champs. Hervé partait sur son bateau des jours entiers, leur rapportait du poisson et des crustacés.

Pendant quelques années, tout se passa bien du moins en apparence. Hervé semblait heureux avec sa famille et Mélanie faisait tout pour que cela dure.

Malheureusement son goût pour les alcools forts, a changé petit à petit son caractère et les choses s'aggravèrent au fil du temps.

Mélanie devint triste, elle maigrit jour après jour. Ses beaux cheveux noirs se couvrirent de fils gris et blancs. Elle vieillissait très vite et son corps se courbait donnant l'impression qu'elle était devenue une femme âgée malgré ses quarante ans.

Elle partait souvent par tous les temps, marcher droit devant elle sans but précis, les yeux hagards. Au bout de l'ile, Mélanie s'arrêtait face à la mer et criait des paroles de plus en plus inquiétantes. Elle demandait à Dieu, à sa mère de lui pardonner, se frappait la poitrine et s'arrachait les cheveux.

Yves la retrouvait souvent à genoux sur les galets les mains en sang, secouée de gros sanglots. Il l'aidait à se relever et la portait jusqu'à la maison sans qu'elle puisse réagir. Il l'installait devant la cheminée pour la réchauffer. Sa mère pouvait rester de longues heures prostrée sans qu'il puisse communiquer avec elle. Puis elle se levait soudain et préparait la soupe avec des gestes saccadés et tremblants.

Yves démuni, ne savait pas comment lui venir en aide et voyait bien que son état empirait de jour en jour.

Ses crises de démence augmentèrent quand un jour, ils trouvèrent le corps d'Hervé flottant sur l'eau près de son bateau, sans doute qu'il était encore ivre et qu'il avait perdu l'équilibre. Yves et Mélanie le ramenèrent à la maison. La mère se mit à se balancer sur elle-même dans un état second et Yves enterra son père seul dans le sable en espérant qu'il soit mangé par les crabes.

A partir de ce jour sa mère se coucha, ne voulut aucune nourriture et attendit la mort qui vint très vite.

Dans un dernier soupir, elle se pencha vers son fils et lui demanda pardon de la vie qu'ils avaient eu sur l'ile et du chagrin qu'elle lui avait donné.

Soudain elle se redressa, agrippa le bras d'Yves et murmura :

« Je vois une jeune fille douce et malheureuse, tu dois la protéger et l'aimer car c'est la plus gentille personne sur cette terre de misère. Sauve-la, elle est en danger ! »

Il sentit la pression de la main de sa mère se relâcher Quand il la regarda, elle était morte mais avec un très léger sourire sur lèvres sans vie.

Il eut beaucoup de chagrin de la perdre, et l'enterra dignement près de la maison.

Très perturbé par les dernières paroles de sa maman, il se dit qu'il devait absolument revoir cette jeune fille et comprendre pourquoi sa mère avait prédit qu'elle était en danger.

Chapitre 4
Loïc

Il y avait beaucoup de monde qui déambulait sur le port.

Certains achetaient des crabes, des langoustes et surtout des homards comme le patron du fameux restaurant « La Belle Jeanne ».

Cet homme très joyeux, marchait le ventre rebondi et saluait avec grâce ses clients fidèles.

La foule bigarrée se rassemblerait, à nouveau, au retour des pêcheurs. Cette ambiance particulière plaisait beaucoup aux touristes, même s'ils se pinçaient le nez, gênés par l'odeur des viscères qui flottaient dans le port.

Ils préféraient s'approcher des fenêtres des friteries pour entendre la nuit, les merveilleux chants des travailleuses. Ils ne savaient pas ce que ces pauvres femmes enduraient ni pourquoi elles chantaient si fort. Ils venaient comme à une représentation musicale, écouter des chants religieux.

Les filles connaissaient beaucoup de chansons entendues lors du passage du musicien ambulant. Certaines achetaient quelques feuilles, d'autres les apprenaient par cœur, laissant libre cours à leur imagination pour régler quelques comptes avec leurs employeurs.

Sterenn était très contrariée par le départ de son frère :

Le pauvre gamin avait été embauché par un bon ami de sa tante pour transporter l'eau très chaude additionnée de cachou. Il devait apporter les seaux aux marins qui, avec des balais brosses, frottaient les voiles pour les imperméabiliser.

Cette corvée était très dure et Loïc avait beaucoup de mal à tenir la cadence et se faisait houspiller toute la journée. Gildas, son compagnon d'infortune, l'aidait souvent mais un jour, il se renversa un seau sur la jambe et se brûla. Il devait partir le lendemain en mer sur un sardinier comme mousse. Malgré ses souffrances, Gildas était prêt à partir mais il eut une très forte fièvre et dut se résigner à rester sur le quai. Son rêve de naviguer, devra attendre encore.

Le patron pêcheur désigna Loïc pour le remplacer.

Sous le choc, le gosse dut obéir sans discuter, bien qu'il n'ait jamais mis les pieds sur un bateau. Sterenn emprunta une tenue de mousse à Jeannette et lui prépara en douce quelques gâteaux pour le consoler.

La jeune fille se disait que son frère allait revenir bientôt, qu'ils avaient vécu assez de drames depuis ces derniers mois mais elle était terrorisée à l'idée de le perdre. Il était sa seule famille et son cœur se serrait d'angoisse depuis le départ du sardinier.

Chapitre 5
Le retour de Loïc

Toujours penchée sur son ouvrage, Sterenn rêvassait un petit sourire aux lèvres. Elle avait pendant quelques instants, oublié sa tristesse et mémorisait chaque mot qu'elle avait dit à Yves encore étonnée de son audace.

Quand la jeune fille entendit la cloche de la friterie sonner à tous vents. Elle rangea son ouvrage et fut très surprise de trouver une jolie broche en forme d'oiseau des îles : elle était magnifique de finesse et les pierres précieuses qui la couvraient, brillaient au soleil.

Sterenn la cacha tout de suite dans son panier de peur qu'une fois de plus, sa tante lui vole comme le sac de sa mère. Elle n'avait pas vu ce qu'il contenait et rageait de penser que ce pécule les aurait bien aidés son frère et elle. La jeune fille était bien décidée à partir le plus vite possible avec son frère, loin de cette misère.

En rangeant la broche, ses doigts se mirent à trembler et une angoisse violente lui serra le cœur au point de vider toute couleur sur son visage.

« Pourquoi cette inquiétude comme un mauvais présage ! Non, il ne pouvait plus leur arriver malheur ! » Se dit-elle.

Essayant de se contrôler, elle suivit la foule qui descendait vers le port pour assister au spectacle du retour des sardiniers. Les élégantes voiles rouges coupaient l'horizon sur un ciel immaculé.

Sa tante et les autres commises se tenaient bien droites, scrutaient la mer la main au-dessus des yeux, toutes excitées, se bousculaient, s'injuriaient comme à chaque fois.

« C'est le « Sans Peur » cria une des femmes. « Regardez comme il est fier, le patron »

Sterenn sentit son cœur s'emballer et chercha au loin la petite silhouette de Loïc.

La grand-mère qui l'avait rejointe, lui tendit un bouquet de fleurs, voyant le bateau approcher.

« Tu le donneras à Yann, s'il est le premier à accoster, c'est la tradition pour ce début de la pêche à la sardine. Ton frère est le mousse : c'est lui qui montera au mât en signe de victoire !

— Tu vas le donner à Yann mas il a beau faire le fier, c'est pas pour lui les sous, c'est la Jeannette qui lui fait crédit, elle le tient par tous les bouts ! » dit un voisin satisfait de sa plaisanterie.

Yann était bien là avec sa grosse tignasse et ses rouflaquettes rousses qui se voyaient de loin. Mais les hommes d'équipage avaient la tête baissée et toujours pas de Loïc.

Sa tante hurlait plus que les autres et n'hésitait pas à montrer dans ses mains couvertes de bagues, deux bouteilles d'eau de vie en signe d'amitié.

Le corsage largement ouvert, elle continuait à haranguer le patron pêcheur, qui, d'un geste de connivence, accepta le marché une fois que la femme ait vérifié le contenu des caisses qui débarquaient sur le quai. Un supplément charnel ne lui déplaisait pas de temps en temps car Jeannette savait satisfaire les hommes mais que, ceux qui avaient de l'intérêt pour son porte-monnaie.

Sterenn était toujours au bord du quai et ne comprenait pas pourquoi elle ne voyait pas son frère.

C'est alors que la jeune fille vit les marins entrer dans la chambre du sardinier et sortir un sac fermé.

Elle réalisa tout de suite et lâcha le bouquet qui tomba à l'eau et s'écroula.

Chapitre 6
L'enterrement de Loïc

Les pêcheurs déposèrent Loïc dans son sac de toile sur un brancard et toujours la tête baissée, l'apportèrent près de la grand-mère et de Sterenn toujours inconsciente. A demi-mot, ils chuchotèrent que la mousse avait eu un accident sans plus d'explications.

Cécile et ses petites filles qui les avaient rejointes, relevèrent la pauvre jeune fille qui n'était plus que l'ombre d'elle-même.

A peine avaient-ils laissé Loïc sur le quai que le patron les rappela pour finir de décharger les sardines. Ils arrivèrent rapidement sous l'œil satisfait de Yann, sûr de son autorité.

Une fois tout le poisson partit vers la friterie, il les rassembla et leur fit jurer de ne rien dire de ce qu'il s'était passé à bord : le peur, le respect du patron, le travail et le salaire les obligeaient à se taire malgré leur malaise. Ils opinèrent du chef et retournèrent nettoyer le bateau tandis que les autres sardiniers arrivaient en cortège, pressés eux aussi, que leur précieuse cargaison ne perde pas de valeur.

Le dos tourné au corps, Yann finissait à voix basse, ses transactions avec Jeannette totalement indifférent à Sterenn.

La grand-mère ouvrit le sac et Sterenn découvrit son frère adoré. Son visage était blanc cireux, son corps allongé, les bras et les jambes tout raides. Il n'avait pas de marques sur la figure et était toujours en tenue de mousse.

La pauvre jeune fille ne voulait plus bouger, elle voulait mourir là près du seul être qu'il lui restait de sa famille qu'elle avait tant aimé.

Sa tante, qui surveillait du coin de l'œil la gamine, s'approcha :

« Bon, alors pour une fois, ne vas pas travailler et occupe-toi de tes affaires, mais seulement aujourd'hui après au boulot ! T'as compris ? »

Mais Sterenn n'avait pas la force de lui répondre ni de sauter à la gorge de cette sale bonne femme sans cœur. Elle était sans réaction, hébétée.

Qu'est-ce qu'ils ont tous à parler de pêche abondante, du temps qu'il fait, de rire comme si le malheur des autres n'avait aucune prise sur eux. Attentifs seulement au spectacle du retour des bateaux, les badauds s'étaient vite éloignés et se promenaient le long du quai par cette belle journée d'été.

Certains prirent un air de circonstance quand ils passèrent près du corps mais continuèrent leur chemin, Sterenn ne comprenait plus rien, enfermée dans sa bulle de tristesse sans fin.

Sterenn habilla son frère adoré avec son costume qui représentait tant de souvenirs. Il lui allait encore car le garçon avait beaucoup maigri. Elle le coiffa et ses larmes tombaient sur le visage du mort comme si la jeune fille attendait un miracle et que soudain Loïc se réveille mais non, il était bien mort, ce petit ange si bon.

Le jour de l'enterrement, le ciel et la mer avaient pris une couleur gris cendré, les bateaux étaient bousculés par le roulis et les filets accrochés aux maisons se balançaient comme des voiles épaisses.

Après une courte messe, la petite procession arriva au cimetière. Les voisines, amies de Cécile, rabattaient leur châle humide sur leurs maigres épaules attendant avec nervosité de rentrer chez elles et de se réchauffer auprès d'un feu de bois.

Les plus jeunes étaient des Penn Sardin très anxieuses de perdre un temps précieux si la cloche de l'usine les rappelait.

Petites créatures chétives secouées par le vent, elles faisaient leur devoir pour Sterenn, plus par obligation que par compassion.

Jeannette ne se déplaça pas, trop occupée sans doute à faire fructifier son commerce.

Loïc fut inhumé près de son oncle, faute de pouvoir rejoindre ses parents dont personne ne savait ce que les corps étaient devenus. La tante, un peu gênée, avait accepté du bout des lèvres, qu'il repose près de son mari.

Sterenn restait près de la tombe, sans bouger, sous une pluie fine et glaciale. Elle avait l'impression que son cœur était un trou béant, une morte en sursis sans sensation, sans émotion.

Il fallut beaucoup de persuasion à Cécile pour que la jeune fille accepte de sortir du cimetière et de rentrer à la maison. Avec douceur, la vieille femme la déshabilla et la posa sur sa paillasse, elle prit sa propre couverture et l'enveloppa avec.

Cécile entendit alors Jeannette lui hurler de descendre pour aider au café car il y avait beaucoup de buveurs à satisfaire. Elle embrassa la gamine et referma la porte sans bruit, l'air désolé.

Elle avait, Tante Jeannette, l'air triomphant, son amant et patron pêcheur était attablé devant elle avec son équipage.

Debout derrière son comptoir en zinc, elle surveillait les sous qui passaient de main en main.

La cafetière jaugeait celui qui allait dépenser son salaire chez elle. De ses petits yeux noirs, elle surveillait surtout Yann : il lui devait beaucoup d'argent et ne lui ferait aucun cadeau même s'il était un bon amant.

Jeannette avait sa propre devise :

« Le cul ne donne rien pour mes vieux jours, les sous, oui »

Un jeune garçon entra précipitamment dans la salle et tira la veste de Clément Soazec :

« Maman dit qu'il faut que tu rentres tout de suite ! »

Le pêcheur se leva, déçu de ne pas pouvoir rester avec ses compagnons et ils sortirent.

« Je n'ai pas confiance dans ce gars-là ! » dit Yann Moroc'h

— Pourquoi tu dis ça ? lui répondit son voisin de table.

— Parce que je l'ai vu chialé quand on a recouvert le corps du mioche.

— C'est peut-être parce qu'il a un frère du même âge »

— Surveille-le quand même !

— J'ai autre chose à foutre et puis ce gars est seul pour nourrir sa famille, tu crois qu'il perdrait son boulot pour un gosse qu'il ne connaissait pas.

— Ouais, laisse tomber ! Je dois me faire des idées » admit le patron qui demanda une nouvelle tournée pour terminer cette journée fructueuse.

Chapitre 7
Retour à la maison

Sterenn était restée dans la même position depuis que Cécile l'avait obligée à s'asseoir sur le lit. Ses frêles épaules étaient lourdes de chagrin mais aussi de révolte et d'injustice.

Comment cela avait-il pu arriver ? pourquoi le jeune matelot du « Sans Peur » était-il venu en cachette aux obsèques de Loïc ?

Pourquoi restait-il la tête baissée tripotant son grand béret entre ses doigts ? Elle avait vu qu'il pleurait bien qu'il essuyait ses larmes d'un geste brusque de la main et qu'il la regardait comme pour lui parler.

C'était une force de la nature avec une tête d'enfant, habitué à maintenir les lourds avirons. IL portait encore ses vêtements de travail plusieurs fois rapiécés. Un marin à la moustache naissante, aux beaux yeux qui, d'habitude, se tenait fier et bien droit. Mais ce jour-là, il restait courbé, ses mains et son visage portaient déjà les premières marques des morsures de l'eau de mer et du soleil.

Pourquoi ce garçon avait-il l'air si malheureux ?

Toutes ces questions lui encombraient la tête en boucles inutiles. Elle avait tout perdu son frère adoré, des parents, une maison confortable, un avenir tranquille.

La vie qui l'attendait, ne serait faite que de solitude, de violence et de misère.

Elle marmonnait :

« A quoi bon vivre, au comble du désespoir »

Elle regarda le petit lit de son frère à côté du sien et sortit la caisse à souvenirs de dessous son lit.

Il ne restait plus que son beau costume du jour de l'incendie et se rappela les dernières paroles de sa chère maman, dernières images heureuses.

« Chers enfants vous faîtes honneur à votre père, il peut être fier de vous, vous portez bien le costume »

Leur mère les avait habillés ce jour-là avec toutes les nouvelles pièces terminées la veille.

Loïc portait un pantalon de drap rayé et sur sa chemise, un gilet à collet de velours. Après lui avoir discipliné les cheveux, elle lui posa sur la tête, un chapeau en feutre noir du plus bel effet et l'embrassa sur sa joue rebondie.

Sterenn, qui avait terminé sa cornette en filet brodé, l'ajusta dans les règles. Sa maman l'aida à passer sa jupe en drap soyeux sur laquelle un magnifique tablier en soie broché, chatoyait de nuances orangées Pour terminer, elle enveloppa sa fille, d'un grand châle de tulle brodé, lui confia son porte-monnaie et repartit au travail pendant que les enfants partaient main dans la main chez le boulanger.

Elle regardait d'un air hagard autour d'elle, les bras ballants. Elle pensait à Cécile, la bête de somme de sa belle-fille, misérable petite chose sans éclat maigre et sale et à ses cousines Valentine, Paôlett et Yott si souriantes malgré la violence de leur mère et avec lesquelles, elle partageait cet endroit lugubre.

Le grenier était partagé en deux parties ; une pour stoker du matériel de pêche, l'autre servait de chambre. C'était sinistre, sans aucun confort, juste un seau d'aisance pour les filles. Les lits étaient alignés comme dans un dortoir. Les draps étaient rêches et humides, la lumière du jour pénétrait difficilement par les minuscules ouvertures au ras du sol. En été il faisait une chaleur étouffante et en hiver les couvertures se couvraient de milliers de gouttelettes givrées.

Chapitre 8
Gwenola

Soudain elle entendit des pas précipités dans l'escalier et se rapprocher du grenier. La porte s'ouvrit en claquant contre le mur et une jeune fille apparut en panique.

C'était Gwenola, une ramendeuse, amie de Sterenn, sa coiffe de travers laissait voir des cheveux blonds filasses. Ses joues étaient rouge pivoine et ses lèvres tremblaient. Elle s'assit brutalement sur le lit et regarda droit dans les yeux son amie :

« Il faut que tu m'aides ? dit-elle précipitamment.

— Laisse-moi tranquille, dégage, je ne veux voir personne. »

— Mais !

— Je te dis de partir, t'as rien compris ou quoi, fiche moi la paix »

— J'ai besoin de ton aide !

Sterenn se mit à trembler d'un seul coup : sa rage, sa peine, sa révolte se retourna contre Gwenola qui prit peur.

« Je m'en fous, de tout, fous le camp toute de suite, au cas où t'aurai oublié, je viens de perdre mon frère, alors tes problèmes… »

— Je sais tout ça mais j'ai vraiment besoin de toi !

« Tu comprends rien ou quoi ! »

Sterenn se leva brusquement les poings serrés et poussa la jeune fille qui heurta violemment le lit de Loïc. Elle se redressa et sortit son moule et sa navette de son tablier et s'approcha de la jeune fille la menaçant de lui percer la gorge.

« Vas-y, tu me rendras service, tue moi, je ne veux plus vivre de toute façon, allez ! vas-y qu'est-ce que tu attends ?

Gwenola, le visage tout près de celui de son amie, restait sans bouger touchée par la détresse de cette gosse si meurtrie. Leurs larmes se mêlèrent et elles glissèrent du lit pour se retrouver par terre les bras ballants.

« Pardon, pardon, excuse-moi, je ne voulais pas te faire du mal mais voilà, je suis enceinte et mon père va me tuer s'il l'apprend, je dois me marier dans deux mois »

— Que veux-tu que je fasse, je n'y peux rien ! Tu aurais dû faire attention, qu'est ce qui t'a pris »

« Et ben, un dimanche, Georges, tu sais, le ferblantier si beau, m'avait fabriqué une jolie bague avec des restes des boîtes de sardines. Elle était très belle et voilà, je me suis laissée faire »

— Tu as couché avec lui pour une bague, t'es folle ou quoi, lui voulait juste te baiser, c'est n'importe quoi !

« Oui, mais il est si beau et si attentionné et j'ai craqué, je ne pensais pas tomber enceinte, c'était la première fois, c'est la merde, oui d'accord, j'ai fait une connerie ! »

— Oui, tu peux dire une grosse connerie, qu'est-ce que tu veux que je fasse, franchement, tu n'as qu'à parler à ma chère tante, on dit qu'elle sait faire les choses pour arranger les filles !

« T'es dingue ou quoi, elle va me pourrir la vie pendant des mois et m'obliger à lui donner de l'argent pour se taire ! »

Sterenn resta silencieuse : alors voilà comment Jeannette gagnait des sous en monnayant leur silence et pourquoi aussi, la jeune fille voyait de temps à autres des jetons passer des mains de certaine ouvrières dans le tablier de sa tante.

— Que veux-tu que je fasse, je ne comprends pas ce que tu veux de moi ?

« Je voudrais que tu prennes ses ustensiles qu'elle cache dans la petite chambre, c'est Pauline qui me l'a dit, et que tu viennes chez ma grand-mère après-demain quand elle sera au marché »

— Mais, même si je les prends, je ne sais pas faire cela, tu risques de mourir, c'est très dangereux !

« T'inquiète ma cousine sera là, elle n'a pas le matériel mais elle sait comment faire, dis, oui, je t'en supplie, je suis vraiment idiote mais c'est trop tard, de toute façon, je n'ai pas le choix »

Gwenola posa la tête sur l'épaule de son amie comme une petite fille perdue, pleine d'espoir tandis que Sterenn se demandait comment elle allait faire pour voler les instruments de sa salope de tante.

— Bon, je vais essayer, rendez-vous dans trois jours chez ta grand- mère, répondit la jeune fille pas très convaincue.

— Merci, merci, tu me sauves la vie ! « elle l'embrassa brutalement et partit en courant, d'un pas plus léger.

Sterenn était restée dans la même position, inquiète. Comment faire sans que sa tante s'en aperçoive ? Mais elle aimait bien cette gamine et elle se décida à repérer les lieux dans la soirée.

Des pas résonnèrent à nouveau dans l'escalier et Sterenn se dit qu'elle n'aurait décidemment pas la paix aujourd'hui.

Gwenola réapparut dans l'entrebâillement de la porte essoufflée.

« Excuse, j'ai oublié mon cousin veut te parler ! »

— Quel cousin ?

— Ben Clément !

— Qui ?

— Clément, le matelot du « Sans Peur, il était à l'enterrement de ton frère !

— Pourquoi ? Je ne sais pas, mais il a l'air très triste depuis qu'il est revenu, si tu es d'accord, il voudrait te parler demain soir sur le môle.

Sentant que c'était important de le rencontrer Sterenn répondit :

« Dis-lui que je serai là-bas, promis ! »

Gwenola repartit rapidement, satisfaite d'avoir fait la commission laissant la jeune fille très perplexe.

« Que va-t-il me raconter ? Le second du bateau lui avait relaté que son frère s'était cogné violemment lors d'une manœuvre et qu'il était mort sur le coup »

Elle se rappelait les airs gênés des autres matelots et de leurs regards fuyants. Sterenn était contente, elle allait connaître la vérité et partir de cette terre de brutes et de lâches.

Pensive, Srerenn comprenait de mieux et mieux la· fourberie de sa tante. Trop d'éléments s'ajoutaient petit à petit à ce qu'elle entendait :

Elle avait volé le sac de Solange, sa propre sœur, sans que les enfants aient pu voir ce qu'il contenait.

Elle s'était débarrassée de son mari alcoolique et sans doute du propriétaire du café pour hériter de tous ses biens.

Elle avait osé dire à la jeune fille :

« tu devras finir de payer l'équipement de ton frère, c'est pas parce qu'il est mort que la dette disparaît, de toute façon c'était un bon à rien trop gâté »

Sterenn resta bouche bée et quitta la pièce choquée, incapable de répondre à ce manque total de sentiments de la part de cette femme. Décidemment il n'y avait que l'argent qui comptait pour elle.

Suite à la conversation avec Gwenola, s'ajoutait le chantage que cette femme méprisable exerçait sur les jeunes filles. Combien de ces gamines poussées par la peur et la misère frappaient à la porte de Jeannette pour qu'elle les délivre de ce marmot non désiré.

Ces femmes trop jeunes, naïves ou ayant déjà trop d'enfants n'osaient rien dire quand Jeannette venait se faire payer en douce, terrorisées, très conscientes de la honte pour elles et pour leur famille si elle avait parlé.

Chapitre 9
Cécile

Une vie s'était créée dans ces combles comme un refuge misérable après le travail exténuant de chacun. Les filles aînées et Sterenn à la friterie, Loïc sur le port la grand-mère à la cuisine, au bar et à la surveillance de la petite dernière qui passait son temps sur les streujous avec les autres gosses.

Ils mangeaient toujours la même chose : des soupes, du poisson bouilli avec des pommes de terre et du pain : Juste ce qui fallait pour qu'ils n'aillent pas au travail le ventre vide mais pour des jeunes en pleine croissance ce n'était pas suffisant, Sterenn volait quelques gâteaux dans l'épicerie et remontait les partager avec eux.

Vanlentine, Paolett et Yott se ressemblaient comme trois gouttes d'eau, c'était très amusant de les voir ensemble : très brunes, les yeux noirs, elles étaient très maigres et peu soigneuses sauf quand les deux grandes partaient le dimanche à la messe et qu'elles sortaient leur seule et unique tenue correcte pour l'occasion.

Elles investissaient le peu d'argent qu'il leur restait une fois que leur mère se soit servie, dans des jolis chapeaux et quelques rubans colorés pour embellir leur tablier en satin. Encore trop jeunes pour quitter la maison, elles reluquaient déjà les garçons sous l'œil suspicieux de Jeannette qui n'était pas du tout pressée de les voir partir.

Leurs payes tombaient dans la tirelire déjà bien remplie de cette mégère. Ses fils Patrick et Alain, partis travailler à

Brest depuis longtemps, ne revenaient que très rarement à Douarnenez même si leur ville natale leur manquait beaucoup.

Ils n'avaient pas envie d'entendre leur mère pleurnicher pour avoir de l'argent. Les seules fois où ils venaient, ils gâtaient leurs sœurs et leur grand-mère avec des bonbons et autres pâtisseries délicieuses et si douces dans la bouche des pauvres filles.

Ils aimaient bien Sterenn parce qu'elle était à leurs yeux, la grande sœur protectrice et confidente mais n'étaient pas dupe que la jeune fille n'avait qu'une idée en tête : partir avec son frère le plus loin possible de sa tante et trouver un travail plus conforme à son éducation.

Jeannette ne montait rarement à l'étage mais leur donnait des vieux draps usés que Sterenn coupait en deux pour les petits lits. Avec le reste du tissu, elle confectionnait des taies d'oreillers.

Une grande complicité s'était établie dans ce réduit aménagé et malgré la fatigue, la jeune fille leur racontait des histoires avant que tout le monde ne s'endorme d'un sommeil lourd et pesant.

En hiver, Loïc se réfugiait dans le lit exigu de sa sœur pour se réchauffer et les filles, dans l'autre lit, toutes serrées contre Cécile.

Quand arrivait la date fatidique de la mort d'une partie de sa famille, Cécile perdait pied et avait d'horribles cauchemars. Dès que quelqu'un s'approchait d'elle, elle le repoussait violemment et il fallut à Sterenn beaucoup de patience pour qu'elle se laisse cajoler et certains soirs, elles restaient toutes les deux, dans les bras l'une de l'autre.

Maintenant Sterenn comprenait Cécile.

« Comment consoler les autres en deuil quand on pleure ses morts jour et nuit ? »

Chacun vivait discrètement avec ses propres chagrins et l'absence définitive des êtres chers.

Cécile raconta sa vie à la jeune fille :

Ce jour-là, seul le mari de Jeannette resta à terre. La veille, il était trop saoul pour quitter le café où il était resté affalé sur un banc avant que la tante le jette dehors. Son père et ses deux frères étaient déjà partis. Il erra sur le port gueulant qu'il était là et qu'il fallait qu'ils reviennent le chercher parce qu'il était le meilleur pêcheur de sardines, le meilleur de toute la Bretagne sous les yeux moqueurs des passants. Il resta longtemps à croire qu'ils rebrousseraient chemin pour lui et déçu, il partit cuver son vin sur la plage : Ce qui lui sauva la vie !

Cécile fut très étonné de voir son fils Adrien rentrer à la maison l'air penaud et sa colère monta encore plus contre lui : c'était sa faute si le soir, elle avait insulté son mari et ses fils qui avaient traîné au café et dépenser un bonne partie des sous, alors qu'elle avait beaucoup de mal à nourrir toute sa famille.

Adrien était le pire d'entre eux et quand la tempête se leva, elle sentit l'angoisse monter presque jusqu'à l'étouffement. Les jours passèrent sans aucune nouvelle, la pauvre femme se raccrochait à l'idée qu'ils avaient dû se réfugier dans un autre port et qu'ils ne pouvaient pas la prévenir.

Elle ne restait pas dans la maison et attendait sur le quai, sous la pluie, immobile et silencieuse : une statue noire face au vent.

Adrien vint lui dire quelques jours plus tard, qu'il y avait des corps sur la plage, elle sut tout de suite que c'était fini et se précipita en hurlant de douleur.

Tombée à genoux, elle maudissait la mer, Dieu et la terre entière Quand elle trouva un morceau du bateau sur la plage, elle ne le quitta plus et le gardait sous son lit comme une relique.

Elle resta malade de nombreux mois et ne put assister aux obsèques de son mari et de ses fils si bien elle fut été persuadée longtemps qu'ils allaient revenir.

Ils n'avaient pas le droit de la laisser seule. Ils étaient de bons marins et les bons marins ne meurent pas, encore moins ceux de Douarnenez il eut une haine féroce contre Adrien qui mourut quelques temps plus tard. Personne n'eut du chagrin à sa mort.

Jeannette, encore moins que les autres.

Ce qui la perturbait le plus ce sont les dernières paroles qu'elle avait prononcées juste avant le départ des gars.

Elle disait à Sterenn :

« Quelques fois c'est les derniers mots qu'on a dit qui vont empoisonner le reste de notre existence »

Elle les avait traités de tous les noms, mis plus bas que terre alors qu'elle les aimait. Sous cette colère justifiée, elle avait dit des mots très durs et très violents. Elle se sentait coupable et horriblement triste.

Pour Sterenn, sa consolation était d'avoir dit à son frère adoré de douces paroles avant son embarquement, qu'elle l'aimait et qu'il était l'être le plus précieux pour elle. Sur ces mots, Loïc avait étreint sa grand sœur et l'avait embrassée tendrement.

Cécile se raccrocha à la vie grâce l'extraordinaire ressemblance entre Patrick et Alain et ses fils disparus. Quand elle les regardait, elle souriait et même si les visages des disparus s'estompaient, il lui restait ces petits bonhommes comme elle les appelait.

Ils aimaient beaucoup leur grand-mère, la seule qui leur donna de l'attention et de la tendresse. Elle fut ravie qu'ils ne soient pas marins mais charpentiers de marine à l'arsenal de Brest.

Chapitre 10
Monique

Sterenn était décidée à agir ce soir-là, elle voulait faire une bonne action pour aider son amie avant de partir.

Il faisait déjà nuit quand elle descendit du grenier à petits pas pour ne réveiller personne.

Arrivée au premier, elle s'apprêtait à traverser le couloir quand soudain des voix lui parvinrent aux oreilles.

« Qui pouvait bien parler à cette heure-là ? » se dit-elle inquiète.

Cela venait de la pièce à côté de la chambre de Jeannette. Deux voix, une petite et basse et l'autre sûre d'elle, sans aucun doute sa tante.

La porte n'était pas fermée complètement et la jeune fille ne put s'empêcher de regarder : Une gamine enveloppée dans un vieux châle, les cheveux en bataille, regardait autour d'elle avec des yeux énormes globuleux. Son tablier à carreaux et sa robe grise élimée cachaient des sabots très usés sur le côté.

Elle tremblait de tout son corps :

« Je m'appelle…

— Pas besoin de dire, je te retrouverai dans l'usine sans problème !

Sous le coup de l'émotion, la gosse ne comprit l'allusion.

— Allez, dépêche-toi, monte sur la table !

Monique s'exécuta, croisa les jambes d'un geste pudique, complètement paniquée.

— T'es sûre d'être enceinte au moins ? dit la tante froidement.

— Ben oui, j'ai toujours envie de vomir, je ne supporte plus les odeurs de poisson et mes seins ont gonflés.

— Fais voir »

Elle ouvrit son corsage et l'avorteuse se mit à les caresser avec délice un rictus de plaisir aux bords des lèvres.

S'apercevant de la présence de Sterenn, elle poussa la porte violemment et se mit à crier sur la jeune fille tétanisée.

« Alors, ça t'intéresse, puisque tu es là, tu vas m'aider »

La tante lui prit le bras avec force et la positionna derrière la gamine.

Surprise, Monique se mit à pleurer à chaudes larmes, elle voulait saute, fuir, se cacher n'importe où, elle ne savait plus quoi faire.

Jeannette la gifla si fort qu'elle perdit connaissance quelques instants.

A peine revenue à elle, elle sentit le visage de la mégère collée à sa joue.

« Tu veux ou pas ?

— Si, je veux autrement mon père va me jeter dehors.

— Bon, ferme ta gueule et écarte les cuisses, toi, tu lui tiens les bras compris »

Toutes les deux opinèrent du menton sans un mot.

« Dis donc, t'as de belles cuisses mais t'es moche, ça ne m'étonne pas que le gars a eu du plaisir, petite pute, il n'a pas dû regarder ta tronche, il t'a prise par derrière ! « se moqua la faiseuse d'ange.

Jeannette se mit la caresser au plus près du jeune sexe duveteux de la gosse puis à la grande stupéfaction de Sterenn, la femme souleva sa propre jupe et de sa main libre se masturba, elle se mit à pousser de petits cris et geint de plaisir.

Rouge de honte, Sterenn avait la nausée et ne comprenait pas ce qu'elle venait de voir. La pauvre gosse continuait à prier la vierge Marie parcourut par des spasmes de terreur.

Jeannette, satisfaite et calmée, prépara son matériel et enfonça avec dextérité le tuyau dans le sexe de la fille en y versant une substance dont elle avait le secret.

Quelques minutes plus tard, la petite descendit de la table, les jambes en coton et sortit son porte-monnaie pour payer l'avorteuse.

Elle partit avec l'angoisse du résultat pendant les semaines qui suivront et de dégoût de l'acte le plus dégradant qu'elle venait de subir par cette femme sans moralité.

Sterenn, scandalisée, regarda sa tante avec répulsion mais celle-ci semblait tranquille tout en nettoyant son matériel. Ce que la jeune fille venait de voir, ce soir-là, dépassait totalement son entendement.

Elle se mit à haïr sa tante au point de ne plus pouvoir lui adresser la parole. Avant de quitter la pièce, elle repéra furtivement les ustensiles qui avaient servi et se dit qu'il faudrait attendre le lendemain, en espérant que cette garce n'est pas d'autres avortements prévus.

Chapitre 11
Clément et la vérité sur la mort de Loïc

Du grenier, Sterenn écoutait les bruits du café. Quand ce fut silencieux, elle descendit à pas feutrés, bien décidée comme elle avait promis à Gwenola, de voler les instruments pour l'avortement de son amie.

Mais à peine avait-elle franchi quelques marches que sa tante apparut suspicieuse :

« Tu fais quoi à trottiner comme une souris, les bateaux arrivent dépêche-toi de te préparer pour aller au boulot, tu me dois des sous ne l'oublie pas ! »

La jeune fille s'était promise de ne plus lui adresser la parole mais sa haine était si forte qu'elle ne put se retenir :

« Je n'irai pas travailler et c'est toi qui me dois des sous, tu m'as volée le sac de maman et tu n'es qu'une salope, une vraie pourrie ! »

Abasourdie par ces mots, Jeannette leva la main vers elle, prête à la frapper.

« Tu te prends pour qui, merdeuse, ici c'est moi qui commande alors ferme ta gueule et dégage »

Nullement impressionnée, Sterenn fit semblant de remonter se changer. Quand elle entendit la porte claquée, elle fit demi-tour et se précipita pour faucher le matériel prévu qu'elle cacha dans son panier d'ouvrage.

Satisfaite, elle partit vers le môle où devait l'attendre Clément. La jeune fille allait enfin savoir ce qu'il s'était vraiment passé sur le bateau où son petit frère avait trouvé la mort.

Quand elle aurait la vérité et donner le nécessaire à Gwenola, elle pourrait enfin se libérer de cette vie et rejoindre sa famille.

Sterenn l'aperçut de loin, le dos courbé, il semblait porter à lui seul toute la misère du monde. Il regardait partout autour de lui, et accueillit la jeune fille d'un sourire triste.

« Bonjour, Cléмént » dit la jeune fille.

— Bonjour, Sterenn « articula le garçon avec difficulté.

Il avait devant lui une fille de son âge très jolie malgré la pâleur de son visage mince. Elle était comme sa sœur fatiguée du travail harassant de la friterie et il comprenait le malheur qui la frappait.

Il avait surtout envie qu'elle sache toute la vérité. Pourtant il ne sentait pas tranquille, ses révélations pourraient lui coûter sa place. Son patron ne lui pardonnerait jamais même s'il était un très bon marin.

Tout à coup il se retourna et vit un des marins du « Sans peur » récemment blessé et qui s'avançait vers eux en boitant. Pris de panique, il partit en courant. Surprise, Sterenn regarda le vieux marin et comprit, elle se mit à courir après Cléмént et le rattrapa de justesse.

« Ta cousine m'a dit que tu avais des choses à me dire sur mon frère et elle m'a précisée aussi que tu te sentais mal depuis ton retour, alors si tu ne veux pas vivre avec ce secret qui va t'empoisonner toute ta vie, raconte ! »

Reprenant son souffle, il la prit par les épaules et la regarda droit dans les yeux.

« Tu as raison mais comprends moi aussi, j'ai quatre frères et deux sœurs, mon père est mort l'année dernière et c'est dur de pouvoir nourrir toute la famille ».

— Je sais tout ça, mais c'est toi qui est venu vers moi, tu ne peux plus te taire »

Chapitre 12
Clément raconte

Clément ne pouvait plus reculer. Sterenn avait le droit de savoir. Il prit une grande respiration et commença son récit.

« Il faut que je te raconte depuis notre départ pour que tu comprennes qu'il n'y a que le patron, qui est responsable de la mort de ton frère, en aucun cas, nous autres les marins n'aurions pu intervenir. »

La jeune fille restait silencieuse attendant la suite.

« Au moment du départ, j'avais bien vu que ton frère était terrorisé à l'idée de partir en mer et dès qu'il mit le pied sur la chaloupe, il se sentit mal. Certains mousses, comme celui qu'il avait remplacé, étaient très fiers d'être embarqués.

La mer était calme et nous, les marins, nous étions heureux de partir pour gagner notre vie et ramener de l'argent à notre famille. Tu comprends, la pêche, c'est notre vie, je ne sais rien faire d'autre ! »

Sterenn aurait voulu qu'il en arrive aux faits mais elle l'avait l'impression qu'il voulait se justifier pour la suite de l'histoire.

« Je vais t'expliquer avec des mots simples pour que tu comprennes ! » dit-il.

« Le patron scrutait les vagues. Soudain il a donné l'ordre de mettre bas les voiles et les mâts et de tourner le bateau face au vent. C'est mon travail et celui de Léon, nous devions tenir nos avirons avec force pour que le bateau reste dans l'axe prévu et en aucun cas quitter notre poste. Le filet glissa à l'arrière, lentement, bordé de liège en haut et s'enfonça dans les flots lestés par des pierres.

Yann était prêt à jeter la rogue. Loïc était chargé de passer les baquets au patron au fur et à mesure. Tu ne sais peut être pas, mais la rogue est très chère et lorsque ton frère renversa un des baquets, cela mit hors de lui, le patron qui lui envoya un très violent coup dans le dos avec ses sabots. Le gamin tomba, heurta violemment la tête contre le mât de misaine et ne bougea plus.

Yann continua tout seul sans se préoccuper du petit. Nous, nous étions toujours accrochés à nos avirons sans se douter de la gravité de l'état du môme. Les sardines apparurent dans un bouillonnement de gras et la pêche continua jusqu'à ce que le bateau soit rempli de poissons »

Il s'arrêta quelques instants partagé entre la honte et trouver une raison à leur manque d'humanité.

« Quand il s'aperçut que ton frère était sans vie, il nous a demandé de faire une place dans la chambre et de le couvrir et surtout de retourner débesquer les sardines. Il voulait à tout prix arriver le premier au port. Petite ! Il n'a rien ressenti, seule la pêche comptait pour lui, il est endetté et ta tante le tient dans tous les sens du mot…

« C'est un homme sans cœur et je ne me pardonnerai jamais de n'avoir rien pu faire pour ce gosse qui, déjà, dès le départ avait vomi tripes et boyaux sous les sarcasmes du patron. Je suis désolé pour toi car je sais que tu es une fille bien et que ma cousine t'aime beaucoup. »

Il lui serra les mains qu'il sentit, glacées et partit toujours le dos courbé.

Sterenn restait sans voix :

« Ainsi ce salopard avait tué mon frère et l'avait dégagé dans la chambre comme une vieille chose sans intérêt,

Mon pauvre Loïc, j'espère que tu n'as pas souffert dans ces derniers instants »

Sa haine pour Yann était comparable à celle pour sa tante, une forte envie de meurtre, de vengeance comme une pulsion de violence.

Sterenn, la douce, n'existait plus, finies les belles images de bonheur, il n'y a plus que de la laideur à gerber.

Elle avait vécu dans un monde qui avait disparu, un bonheur fait d'amour et de tendresse avec son frère et ses parents et subsistait dans un monde de brutes et d'indifférence. Cela lui confirmait de plus en plus qu'elle n'avait pas sa place de ce monde et qu'elle allait le quitter sans aucun regret.

Elle marchait sans but, les jambes flageolantes et se retrouva par hasard face au bateau « le Sans Peur. Prête » à l'affrontement, elle descendit à bord.

Chapitre 13
Le viol

Sterenn entendit chanter, à l'avant de la chaloupe et s'avança. Yann était affalé et buvait une des bouteilles d'eau de vie que la tante lui avait offerte.

La jeune fille ne savait pas quoi faire face à cet homme infâme qui lui avait volé la vie de son frère. Soudain il sentit un mouvement sur le bateau et se retourna.

« T'es qui ? Qu'est-ce que tu fous là ? Ah ! Je te reconnais, tu es la sœur de ce bon à rien de mousse ! »

Sterenn, les poings serrés, se dirigea vers lui, les dents serrées.

« Tu as tué mon frère, espèce de fumier, tu vas vraiment bien avec ma salope de tante ! »

Yann se mit debout et la regarda de toute sa hauteur. La jeune fille recula, impressionnée par sa carrure imposante mais sa colère fut plus forte, elle fonça sur lui et se mit à le frapper de toutes ses forces.

« Ah ! Ah ! Tu crois que tu me fais peur, petite merdeuse, à moins que tu sois comme Jeannette, une chatte en chaleur ! Dis plutôt que tu es venue te faire trancher par le meilleur sardinier de Douarnenez »

Il se mit à rire et il lui asséna une grande gifle qui la fit vaciller. Il l'agrippa avec une telle force qu'elle se retrouva sur le pont allongée.

« Laisse-moi, arrête ! » s'écria Sterenn complètement affolée. Mais que pouvait-elle faire contre un homme aviné et violent ?

Avec un sourire narquois, il se vautra sur elle en lui mettant sa grosse main sur la bouche pour qu'elle ne crie pas et d'un geste sûr, souleva sa robe, défit son pantalon et la pénétra si rapidement que la pauvre gamine choquée ne put réagir.

Elle eut très mal, elle n'avait jamais senti une douleur aussi atroce dans son corps, elle ne savait pas ce qu'était un sexe d'homme, des larmes de rage coulaient sur ses joues en feu.

Satisfait et repu, il relâcha sa proie et c'est à ce moment-là que la jeune fille saisit la deuxième bouteille encore pleine d'alcool à côté d'elle et le frappa de tout son désespoir.

Elle entendit un bruit étrange « cloc » et le sardinier s'effondra sur le côté, inanimé.

En panique totale, Sterenn se releva, le souffle court et remonta sur le quai. Elle tremblait, se mit à vomir, elle sentait encore *11* odeur de la main rugueuse de Yann sur ses lèvres et crachait. Les mains sur sa jupe frottaient le tissu comme pour enlever la saleté.

La jeune fille sentit quelque chose couler entre ses jambes et se précipita sur la grève pour se laver. L'eau était très froide mais elle ne ressentait rien. Elle prenait le bas de sa jupe, la mouillait et se lavait encore et encore en pleurant.

Bouleversée, elle tomba soudain sur le sol comme une poupée de chiffon. Elle marmonnait en balançant son corps.

« Je l'ai tué ! j'ai tué le meurtrier de mon frère ! tu es vengé Loïc et cette ordure n'a eu que ce qu'il méritait »

Mais trop d'émotions lui faisaient perdre la notion de la réalité.

« Oui !, il était mort, mais que diront les gendarmes quand ils verront le coup sur la tête et le pantalon encore ouvert. »

Elle resta par terre très longtemps, acceptant les conséquences de son acte sans remords.

Yves apparut au bout du quai chargé comme un mulet de tous les achats qu'il venait de terminer. Quand il aperçut Sterenn, il lâcha tous ses paquets et se précipita vers elle.

« Que vous arrive-t-il ?

— J'ai tué un homme, il avait tué mon frère et… m'a violée ! »

Sous le choc de ses révélations si soudaines, il fit se relever la jeune fille et demanda :

« Où est-il ? »

D'un geste las, elle montra le « Sans Peur », il monta à bord et entendit gémir.

« Oh ! non il n'est pas mort juste sonné ! »

Que se passa-t-il dans la tête du jeune homme à ce moment-là, lui- même ne le sait pas ? Il se rappela les dernières paroles de sa mère et se dit que ses prédictions étaient justes. Il rejoignit Sterenn qui restait debout son panier à la main. Toute sa vie se jouait maintenant.

« Il est mort « dit-il.

— Alors c'est fini pour moi, je vais être condamnée, ce n'est rien, je m'en moque, je vais me livrer aux gendarmes !

— Non, je ne peux pas vous laisser faire cela, c'était un assassin et un violeur, venez avec moi, je vous protègerai et vous ne serez pas en danger sur mon île, ce n'est pas de votre faute je ne peux pas vous abandonner, vous êtes trop jeune, vous méritez de vivre ! »

— Je dois aider une amie, elle a besoin de moi ! » répondit-elle en se souvenant de sa promesse à Gwenola.

Yves ne voulait pas rester une seconde de plus au port. Il craignait surtout que le patron pêcheur réapparaisse et que Sterenn se rend compte qu'il lui avait menti.

— On n'a pas le temps, montez sur mon bateau !

— Mais ! » Sterenn n'avait plus la force de décider, elle s'assit docilement dans la pinasse pendant que Yves chargeait son matériel et se dépêchait avant qu'elle ne change d'avis.

Le jour commençait à se lever et le bateau sortit du port discrètement.

Sterenn s'endormit aussitôt bercée par le doux roulis, Yves la regardait tendrement.

« Voilà, elle est avec moi, on ne pourra pas nous séparer, une nouvelle vie commence pour nous deux, nous sommes pareils seuls au monde ! »

Chapitre 14
La préparation du départ des Lonsdale

Par une belle journée d'avril, Margot et les enfants virent John arriver l'air contrarié à la maison. Devant son visage fermé, la jeune femme voulut éloigner les enfants mais, John d'un geste, l'en empêcha.

« Ce que j'ai à vous dire, concerne tout notre famille, voilà ! Je viens de recevoir un télégramme de Londres : mon père et mon frère sont décédés dans un accident de voiture, ma belle-sœur est seule à gérer le domaine et les usines. Elle me demande de rentrer car elle ne se sent pas capable d'assumer toutes ces responsabilités. Elle est enceinte et très fatiguée. »

A ces mots, Lili se précipita dans les bras de son père et lui serra le cou très fort, consciente malgré son âge du chagrin causé par ces deux décès si soudains.

« On est là, mon papa, t'inquiète pas, on va aller avec toi, je t'aime »

Ces tendres mots mis les larmes aux yeux de John qui embrassa tendrement sa file.

Ils s'enlacèrent tous les quatre et se promirent de ne jamais se quitter.

Lili eut beaucoup de mal à se séparer de ses jouets surtout ceux que son frère chéri lui avait offerts. Il fallut démonter la maison de poupée pièce par pièce pour qu'elle entre dans la malle, des nombreux petites figurines et de la mini vaisselle firent partie du déménagement.

Antoine dut se contenter d'une petite place pour ranger ses livres préférés mais il n'était pas fâché car il savait que, là-bas, sa vie en Angleterre lui permettrait d'avoir de nouvelles connaissances. Il était heureux de connaître la famille de son père.

Quitter leur jolie maison et leurs employés fut plus triste qu'ils ne l'auraient cru. Toute la maisonnée pleurait et il fallut à John beaucoup de persuasion pour réconforter le majordome et la cuisinière qu'ils ne perdraient pas leur travail et qu'il avait déjà des amis qui viendraient vivre dans la maison bientôt.

Noémie, la cuisinière avait vu grandir les enfants et vouait une adoration pour Lili qui lui rendait souvent visite dans sa cuisine surtout quand une bonne odeur de gâteau chatouillait le nez de la gamine. Elle restait devant le four, attentive à la cuisson et en attendant, léchait avec délice le saladier de la préparation avec ses doigts potelés.

« Tu vas encore tout te salir, regarde ta robe ! grondait la brave femme.

— Oui ! Mimi, mais c'est crocro bon ! « répondait-elle malicieuse.

Alors, Noémie riait, l'embrassait et la petite mangeait le gâteau tout juste sorti du four sur les genoux de la cuisinière ravie.

Répondant aux signes d'adieu des gens de maison, ils partirent dans la calèche, le cœur gros mais plein d'espoir d'une nouvelle page à tourner ensemble.

Les parents se sourirent pendant que Lili toute excitée, ne tenait plus en place. John lui fit les gros yeux et la petite se cacha près de sa mère le pouce dans la bouche et fit semblant de dormir. Personne n'était dupe mais au moins, elle était sage pour un moment.

« Mon Dieu, que le voyage va être long ! » se disait la maman en soupirant.

Margot ne se sentait pas tranquille malgré les encouragements de son mari.

La fille de mineur avait fait beaucoup de progrès : elle avait appris à danser, à s'habiller à la mode, à converser tout en restant discrète elle riait de ce beau rire de femme épanouie et de mère comblée.

Pourtant elle avait peur de se retrouver face à la famille de John et de ne pas être à la hauteur pour son mari.

« Allons ! » se raisonnait-elle « si sa famille est comme lui, je ne dois pas m'inquiéter pour rien »

Elle regarda John qui comprit son angoisse sans avoir besoin de parler et lui prit la main doucement.

« Je suis là, tu verras, tout se passera bien »

Rassurée, elle posa sa tête sur son épaule.

Chapitre 15
Quand ils arrivèrent au port

Quand ils arrivèrent au port, il régnait une agitation laborieuse autour du paquebot comme à chaque départ.

Un groupe bigarré de grands chapeaux parés de plumes magnifiques et de hauts de forme se retourna dans un même mouvement à l'approche de la calèche des Lonsdale.

John aida sa femme à descendre avec tous les égards devant les regards admiratifs des hommes.

L'homme portait un pantalon sans revers ni pli, une chemise blanche sous un gilet assorti au pantalon. Une veste de voyage mettait en valeur son allure pleine de noblesse. Il arborait une moustache naissante, petite fantaisie avant de partir vers son pays natal.

Margot avait adopté une jupe raccourcie aux mollets pour plus d'aisance, style sportif à la mode d'après les dernières revues anglaises. Un gros nœud gris perle sur le plastron, des bas noirs, des chaussures souples et un canotier à voilette complétaient son habit moderne.

Les dames ne quittaient pas le couple des yeux et virent amusées une frimousse apparaître derrière la jeune femme et un autre visage d'un garçon aussi roux que son père à ses côtés.

Dès la sortie de la calèche, Lili grimpa sur les épaules de son frère comme à son habitude, très heureuse de faire le pitre. Elle rit découvrant des petites quenottes blanches et la tête en arrière laissa ses cheveux bouclés voler au vent chaud.

Près de la passerelle, Antoine dit à sa sœur :

« Descends maintenant et regarde où tu mets les pieds, c'est dangereux ! »

Il souleva la petite, qui en profita, du geste précautionneux d'Antoine pour le serrer dans ses bras et de lui claquer un gros bisou sur la joue.

« Quand je serai grande, je me marierai avec toi !

— Tu sais bien que c'est impossible, nous sommes frère et sœur !

« — Eh ! ben, pisque c'est ça, je ne me marierai pas, na ! »

Antoine essaya de rester sérieux, il lui remit sa tenue correctement et ajusta la ceinture en satin de sa robe blousée à la taille.

Alors qu'il se redressait et laissait partir Lili vers ses parents, une vieille femme lui agrippa le bras violemment et se mit à crier :

« Il est fou, il est fou, il ne voit rien, le rocher ! oh ! Mon Dieu ! »

Stupéfait et un peu apeuré, le garçon essaya de se dégager, mais elle criait toujours. Un porteur vint au secours du jeune homme et la repoussa gentiment.

« Arrête, Anne, retourne chez toi, tu fais peur à tout le monde ! »

puis se retournant il le rassura.

« Ne vous inquiétez pas, la pauvre, elle a perdu toute sa famille dans un naufrage et croit maintenant que tous les bateaux sont maudits, le Drummond Castle est un paquebot sûr et Pierce connaît très bien son travail. »

En s'éloignant, la vieille continuait à crier les bras en l'air les mêmes paroles sous les regards abasourdis de la foule.

Un peu secoué, Antoine suivit rapidement ses parents et sa sœur. Il ne parla pas de cet incident : Margot était déjà assez angoissée par le voyage en mer.

Chapitre 16
Le coracle

Lili resta la bouche ouverte, les yeux écarquillés devant cet énorme paquebot, se retourna vers son frère et dit joyeuse.

« Il est crécré beau ce bateau, je vais dormir près de toi, hein, Toine et je serai crè crè sage !

— Oui mais dans ton berceau ! » répondit-il peu convaincu.

« Bienvenue sur le Drummond Castle, Madame, Monsieur Lonsdale et les enfants, votre cabine suite est prête. » dit le second de Pierce.

« Le Commandant vous prie de l'excuser de ne pouvoir vous accueillir maintenant et viendra vous rendre visite dès que nous aurons quitté le port.

— Nous comprenons et nous serons très heureux de partager avec lui une tasse de thé quand il sera disponible »

Les porteurs suivaient la famille et un paquet en particulier troublait beaucoup les passagers et l'équipage.

Devant leurs regards interrogateurs, John leur expliqua :

« C'est un coracle, un petit bateau que mon jardinier a construit et qui sert de berceau à ma fille. Le couvercle a été rajouté pour se fermer. Ma femme avait peur des serpents et des insectes et notre fille ne le quitte plus depuis. Quand elle dort dedans, on est tranquille ! » dit-il en souriant.

Ils s'installèrent dans une grande cabine confortable pour commencer un long voyage tandis que continuaient les va et vient des porteurs, des marins, des passagers et toute sorte de ballots et de nourriture.

« Pourquoi partaient-ils ? Où allaient-ils, ces gens de toute condition qui montaient avec leur maigre bagage ? Qui serait là pour les accueillir à Londres ? Vers quelle destinée ?

Chacun avait ses raisons bonnes ou mauvaises d'être sur ce bateau et le voyage s'annonçait long, trois semaines en mer, une première pour la plupart.

Antoine n'osait pas quitter sa famille, de nature très timide, il se contentait de regarder penché par la balustrade ce monde d'individus étranges.

Des personnages l'intriguaient : des soldats qui rentraient chez eux, leurs bras étaient couverts de tatouages représentants pour certains des têtes de morts, des cœurs enlacés avec des initiales au centre, des oiseaux multicolores et bien d'autres dessins inconnus pour le jeune homme. Ces hommes parlaient très fort, relatant leur vie de soldats, riaient, se tapaient dans le dos tout en sirotant du rhum.

Ils étaient déjà bien avinés et leur conversation dériva vers leur sujet préféré : les femmes. S'apercevant de la présence du jeune homme, ils continuèrent leur conversation à voix basse.

Quelques-uns à l'écart semblaient plus calmes et discutaient de leur retour à la maison, se demandaient s'ils seraient bien accueillis après ces mois d'absence, si leurs enfants les reconnaîtraient et rêvaient à des ballades en famille à Hyde Park.

Deux femmes passèrent près d'eux, des dames, sans aucun doute de la « bonne » société, parées de plumes d'autruche et de bijoux, les regardèrent d'un air méprisant.

Après leur passage, les marins les imitèrent en remuant leur derrière et gonflant la poitrine sous les rires des leurs compagnons. Elles avaient oublié que, sans ces hommes, elles ne seraient pas aussi riches et que les bijoux qu'elles portaient avec tant d'orgueil, étaient extraits du sol par des pauvres ouvriers en perpétuel danger de mort.

Antoine se sentait confronté à un nouveau monde, lui qui était si protégé par son rang. A la mort de sa première femme, John avait décidé que son fils serait élevé chez lui, sans contact avec l'extérieur comme lui qui avait vécu dans le château familial, entouré de personnes bienveillantes.

Quand Antoine fut plus âgé, le jeune fréquenta que des enfants de son niveau social, se coupa de la vie des gens « normaux » qu'il ne voyait que de loin. Il n'était pas hautain mais sa réserve pouvait le faire penser. L'arrivée de Margot avait tout changé, son enthousiasme de vivre avait été une révélation pour le garçon.

John pensait souvent que son fils avait le caractère de sa mère dépressive et triste et il fut très heureux du changement de son comportement en présence de sa nouvelle femme.

Seule, sa sœur courait partout et se retrouvait souvent à jouer avec les enfants du jardinier.

Un jour, ils retrouvèrent Lili en chemise de nuit, les pieds nus dans le jardin. Stewe, le fils du pépiniériste, lui avait appris que les fleurs doivent être cueillies de bonne heure le matin pour qu'elles restent fraîches toute la journée. Les bras chargés d'un bouquet multicolore, elle se précipita vers à sa mère d'un air triomphant. Mais le regard furieux de son père l'arrêta net et elle se mit à pleurer de déception.

Une fois de plus, elle finit dans les bras de Toine qui la consola tout en lui expliquant le danger de venir seule dans le jardin, il la ramena à la maison et les fleurs trônèrent dans le salon, mises en valeur par Margot un petit sourire sur le visage.

Tout le monde craquait pour cette coquine et elle savait y faire avec son petit air boudeur et une larme à l'œil. C'était une enfant profondément gentille et pleine d'attention. Elle donnait tout l'amour de son cœur à ses parents et à son frère.

« Quelle chance ai-je d'avoir une enfant si adorable » se disait Margot.

Chapitre 17
Les perroquets et Pierce

Antoine continuait à observer les gens en bas quand Margot arriva affolée près de lui :

« As-tu vu Lili ?

— Non, pas depuis le repas !

— Depuis qu'elle a vu une grande cage avec des perroquets, elle ne tient plus en place !

— Je sais où elle est, je vais la chercher ! »

Le jeune homme alla directement dans la grande salle de réception et en effet, Lili était bien là.

Assise par terre, face à la cage, elle observait les oiseaux magnifiques.

Puis elle se leva, fit quelques pas de danse, se retourna et, déçue, se rassit.

Apercevant son frère, elle lui dit :

« Je crois que ces bestioles sont bêtes, elles ne font rien, que de regarder au loin, tu me cherchais ?

— Bien sûr que je te cherchais, tu ne peux pas partir comme ça, tu peux te perdre ou te blesser, Maman est très inquiète !

— Ben, Maman et Papa étaient occupés avec tous leurs papiers alors je m'ennuyais ! répondit elle d'un air mutin.

« Comment se fâcher devant une si jolie jeune fille » dit une **voix** derrière eux.

Un personnage venait de faire une entrée majestueuse, tout de noir vêtu, très droit, il ressemblait à un hidalgo. Il s'approcha de Lili, enleva son immense chapeau et lui fit un baise main en s'inclinant respectueusement.

Ravie, Lili lui sourit d'un air coquin. Il sortit un petit livret de sa poche et proposa aux deux jeunes de s'assoir près de lui, pour lire quelques poèmes de sa composition.

Ce fut pour tous les trois, un moment privilégié de découvertes même si les vers n'étaient pas très originaux, Carlos de Santos de la Tierra les récitait avec tant d'éloquence que les enfants buvaient ses paroles.

Ils se promirent de se revoir pendant ce long voyage et ravis tous les deux retournèrent à la cabine.

Antoine raconta l'anecdote et Lili dut jurer de ne plus partir sans être accompagnée.

Quelques heures plus tard, le commandant se présenta à leur cabine. Il savait que John, avec la succession de son père, serait un des plus grands actionnaires de la Castle Line.

Lili, qui venait de faire la sieste, se trouva en face du commandant et recula de peur. Cet homme était très grand avec des rouflaquettes qui rejoignaient une barbe épaisse et toute blanche. Il n'avait pas de cheveux sur le crâne et ses yeux scrutateurs et noirs se posèrent sur la petite fille qui s'enfuit derrière un fauteuil.

« Eh ! bien c'est la première fois que notre fille a peur de quelqu'un ! dit John.

— Je suis désolé ! répondit Pierce un peu gêné.

— Ne vous formalisez pas, venez-vous asseoir ! »

Pendant tout le temps où le commandant resta, Lili demeura cachée sous le regard amusé de Toine.

Quand il partit, elle sortit.

« Je crois que nous avons trouvé la solution la prochaine fois que tu ne nous obéis pas »

— Non, non, il est méchant, je ne veux pas le revoir » répondit Lili un peu contrarié même si elle savait que cet homme aurait autre chose à faire de que s'occuper d'une gamine.

Mais la menace marcha pendant quelques temps et Lili s'installa dans la cabine avec ses poupées le reste de la journée. Les parents purent continuer de préparer leur retour, des dossiers et des documents étaient étalés sur la grande table et John voulait que Margot l'aide dans son travail, très flattée de sa confiance.

Plus tard, Antoine prendra les affaires en main quand il aura fini ses études. Rhodes, en souvenir de son amitié avec John, avait donné une bourse au garçon, la Rhodes Scolarships, un tremplin pour réussir dans sa scolarité.

Pour John, c'était très important que son fils soit instruit et rencontre des personnes influentes pour sa future carrière. Comme lui, l'avenir de son fils était tout tracé, peu importe le choix qu'il ferait, son rang lui permettrait de rester dans les hautes sphères de la société anglaise avec sans doute un beau mariage avec une jeune fille aimante.

Le père, quand il regardait son fils, ne s'inquiétait pas pour lui, mais Lili semblait très attachée à sa liberté, elle était très têtue et ne faisait que ce qu'elle voulait sans se préoccuper des autres.

« Bah ! Elle est encore petite et à cinq ans, tous les enfants sont pareils » se rassurait-il.

Les images d'un grand bal au château pour l'anniversaire des 18 ans de sa fille et la présentation à des jeunes hommes, bons partis, étaient bien loin encore, il la voyait plutôt partir en courant avec ses amis à travers le parc et sauter toute habillée dans le bassin en riant, suivie sans doute par sa bande de copains qu'elle ne manquerait pas d'avoir, vu sa gentillesse et sa joie de vivre.

John se remit au travail pour oublier ses pensées lointaines.

Chapitre 18
Souvenir de la rencontre entre Margot et John

Margot rêvassait souvent, un petit sourire au coin des lèvres, comme un besoin de se rappeler tous les changements incroyables de sa vie.

Sa rencontre avec John avait été très spéciale. Le chef de chantier où elle vivait, l'avait faite embaucher chez Rhodes pour l'éloigner de la violence et de la misère des mines quand elle devint orpheline.

Alors qu'elle portait un grand plateau de gâteaux faits maison à son employeur très gourmand, elle fut percutée par un homme qui courait dans le couloir, visiblement en retard. Les gâteaux et les dossiers s'envolèrent dans un spectaculaire mélange de crème et de papiers qui atterrirent à leurs pieds.

Sous le choc, Margot faillit se fâcher contre cet étourdi car elle avait très peur de la gouvernante de cette belle maison qui la surveillait de près et qui se ferait un plaisir de la réprimander.

Pourtant au moment où ils s'accroupirent pour ramasser leurs biens, leur regard fut attiré si fort l'un envers l'autre qu'ils restèrent sans voix.

Reprenant ses esprits, l'homme se confondit en excuses et tenta tant bien que mal de trier les documents éparpillés couverts de crème et de morceaux de gâteaux.

Soudain une femme apparut dans le grand couloir et arriva vers eux visiblement contrariée.

« Vous avez gâché toutes ces bonnes pâtisseries que mon maître aime tant, vous n'êtes qu'une bonne à rien, nettoyez tout ça et dépêchez-vous »

Le ton si méprisant de la femme mit en colère John qui ne put s'empêcher de la remettre à sa place.

« Sachez, Madame, que cette jeune fille n'y est pour rien, c'est entièrement de ma faute car je courais dans le couloir.

— Peu importe, elle est renvoyée !

Se retournant vers la jeune fille, il la vit devenir toute pâle, les larmes aux yeux.

« Ah ! Non ! Elle n'allait perdre son travail. Sans doute, cette jolie jeune fille sans défense rendait jalouse la femme au point de chercher la faille pour la renvoyer. Elle n'avait pas apprécié qu'on lui impose cette pauvresse sans lui demander son avis. »

John ne se démonta nullement devant le visage revêche de la gouvernante trop sûre d'elle et répondit :

« Très bien, Mademoiselle, puisque cette sans-cœur vous renvoie, moi, si vous êtes d'accord, je vous prends à mon service pour vous occuper de mon fils Antoine » tout surpris lui-même par cette demande si spontanée.

Encore abasourdie par la question, Margot restait muette, impressionnée.

John enleva le plateau des mains de la jeune fille et la refila avec autorité à la gouvernante stupéfaite par son audace.

Le jeune homme frappa à la porte de Rhodes pour le prévenir de la situation et s'excuser du retard. Celui-ci, avec un air malicieux, s'étonnait du comportement d'habitude si réfléchi de son ami.

« Qui était donc cette belle inconnue qui avait tourné la tête de son associé ? »

Quand John revint, la femme était partie, vexée, à la cuisine refaire un nouveau plateau et Margot était toujours debout dans le couloir, tremblante.

« Vous vous appelez comment ?

— Margot Martin

— C'est un nom français ?

— Oui

— Parlez-vous français ?

— Oui

— Bien, bien

— Comment êtes-vous arrivée ici ?

— C'est le contre maître Edouard Carlson qui m'avait trouvée cette place.

— Bien, bien, je connais cet homme, il est très bien.

— Où sont vos parents ?

— Lis sont morts tous les deux.

— Je sais que je vous prends au dépourvu, acceptez-vous ma proposition ? »

Très intimidée par ce grand rouquin, elle sentit une attirance réciproque autant que soudaine.

Avec un ton ferme mais chaleureux il dit :

« Vous vous occuperez de mon fils pour lui enseigner le français, qui est pour moi une langue magnifique que j'ai appris, il y a longtemps. »

Sans attendre, elle répondit :

« Bien, Monsieur, j'accepte de vous suivre »

Le destin passait-il par là ce jour béni.

John n'avait nul besoin d'un professeur de français pour son fils, qui, âgé de douze ans, se débrouillait déjà très bien tout seul mais la présence de Margot lui ferait sûrement accepter de se perfectionner dans une langue qu'il ne connaissait pas suffisamment d'après son père.

John Lonsdale était un homme sérieux dans son travail et très compétent mais il avait aussi des rêves pleins la tête et surtout voulait voyager et faire découvrir le monde à son fils. Il se disait que s'il rencontrait l'amour une nouvelle fois, il pourrait peut-être voyager comme il le souhaitait en famille dans le monde entier.

Il avait compris que cette rencontre était une chance, une incroyable chance car il se sentait soudain léger et heureux en regardant Margot.

Veuf depuis longtemps, ce jour-là, il se conduisait comme un adolescent romantique : c'était sans doute ce que les français appellent « le coup de foudre » se disait-il dans la calèche qui les emportait vers la maison.

Margot aussi, était sous le charme de ce grand homme. Du coin de l'œil, elle voyait les taches de rousseurs qu'ils avaient en commun sur le visage et ses yeux bleus immenses pleins de douceur.

Que ne fut pas la surprise de Margot quand Antoine sortit sur le perron rejoindre son père, étonné de le voir rentrer si tôt de son travail : le jeune garçon était déjà aussi grand que son père.

Il ne fallut pas longtemps pour qu'Antoine ne succombât au charme de cette belle inconnue qui allait vivre avec eux. Après les présentations du personnel et la visite de sa chambre adorable, Antoine lui fit visiter la bibliothèque garnie de nombreux auteurs français et anglais.

Arrivée avec un pauvre bagage, John donna des ordres pour que Margot puisse avoir des robes à son goût et la gouvernante se fit un plaisir de lui en préparer de très jolies ainsi que tout le nécessaire d'une dame vivant dans cette magnifique maison.

Un peu mal à l'aise par tant de sollicitude dont elle n'avait pas l'habitude, elle se retrouvait à la table familiale et partageait des repas dans de la vaisselle splendide.

La gentillesse de John et d'Antoine finit par lui enlever un peu ce complexe d'infériorité qu'elle avait depuis toujours.

C'est dans la bibliothèque qu'elle retrouvait Antoine et n'avait que l'embarras du choix pour choisir les textes à étudier : elle, qui n'avait eu que quelques livres à sa disposition pour apprendre les langues avec sa maman.

John avait fait ses études à l'Oriel Collège d'Oxford avec Rhodes et celui-ci l'avait embarqué en Afrique du Sud pour faire fortune dans les diamants. Les deux amis et associés ne se quittaient jamais et malgré l'excentricité de Rhodes qui passait beaucoup de temps dans sa baignoire à fumer le cigare et à se goinfrer de gâteaux, ils s'appréciaient beaucoup et firent fortune en créant la DC Beers consolited mines.

Margot n'avait jamais été aussi heureuse : la maison était spacieuse dans le quartier de Terrace Houses, elle ne souffrait plus de la chaleur étouffante de Kimberley. Son élève était charmant et charmeur, ils prenaient le temps de lire des poèmes, se promenaient dans le jardin.

John rentrait très souvent chez lui au grand étonnement de son fils qui le soupçonnait d'être un peu jaloux de leur complicité.

Les mois passèrent et le bonheur se concrétisa quand Margot accepta d'épouser John. Il en fut très heureux malgré la timidité de la jeune femme. La différence de milieu lui faisait très peur et elle fut très contente que John n'aimait pas la vie mondaine et ne l'obligeait pas à se rendre à des repas ou des bals où elle ne se serait sentie pas à l'aise.

Margot préférait rester à la maison et aider la cuisinière à préparer les repas. Au début, Noémie n'aimait pas qu'on entre dans sa cuisine mais Margot sut l'amadouer et elles partagèrent ensemble de bons moments dans la bonne humeur.

Ce qui était amusant, c'est que toute la maisonnée se retrouvait assise à la grande table à discuter de choses et d'autres en épluchant des légumes ou préparer des gâteaux.

Quand John rentrait du travail, ils retrouvaient sa femme et son fils partageant des pâtisseries avec le personnel en toute simplicité.

Jamais sa première femme n'aurait fait cela et le sourire d'Antoine en disait long sur le bonheur qu'ils ressentaient tous depuis la venue de Margot.

Chapitre 19
L'inquiétude grandit

Pour distraire Lili qui était très énervée à l'approche de leur dernier jour en mer, Antoine décida de descendre avec elle dans la grande salle en pleine effervescence.

Depuis Table Bay, le voyage avait été très long et les passagers commençaient à avoir les nerfs à vif.

Des dames d'un comité des fêtes organisaient le bal avec toutes les exigences dues à leur rang.

La salle était magnifique et l'éclairage étonnant pour un bateau. Il avait été décidé de jouer au piano le « Gad Save the Queen » en l'honneur de la Reine Victoria.

« Tout doit être parfait » répétait la plus ancienne. Elle tournoyait dans tous les sens donnant des ordres aux autres femmes qui couraient dans tous les sens comme des poules noires. Lili se moquait de cette « grosse dondon emplumée » mais restait sage sur sa chaise admirant le spectacle.

Pourtant depuis quelques heures une atmosphère angoissante régnait et malgré les préparatifs du bal, beaucoup de passagers semblaient aux aguets de nouvelles. Le commandant Pierce était invisible. L'équipage répétait :

« Tout va bien, restez calme ! »

Quand les enfants revinrent à la cabine, Antoine vit les matelots faire le tour du bateau avec des sondes, augmentant encore son impression d'une catastrophe à venir. Il ne dit rien à la petite qui dansait sur le pont insouciante et heureuse.

« Pourquoi cette peur au ventre ? Pourquoi cette difficulté à respirer ? Le brouillard sans doute ! Ou les paroles de la vieille femme ?

Non, décidément, le garçon ne se sentait pas bien. Il se promit de rester près de sa sœur toute la nuit.

Chapitre 20
Le bal

Pour une fois, Margot se laissa convaincre d'assister au bal avant l'arrivée à Londres.

Tous les passagers des premières et quelques privilégiés étaient invités alors qu'en troisième classe, tous avaient hâte de que ce long voyage se termine ayant souvent des difficultés à se nourrir sur le bateau et où les conditions de vie étaient très précaires.

« Ma chérie, nous nous devons d'assister à ce bal, n'oublie pas que je suis actionnaire majoritaire depuis la mort de mon père.

— Je sais, laisse-moi m'habiller !

— J'ai encore des papiers à vérifier et j'arrive »

John était surtout impatient de découvrir la robe magnifique que Margot avait commandée avant d'embarquer.

Pour cette occasion, la jeune femme avait été obligée de demander de l'aide pour la passer et c'est une toute jeune fille qui s'était présentée. Lili l'avait rencontrée lors de ses nombreuses promenades et s'était prise d'amitié pour elle.

La gamine était orpheline et partait pour l'Angleterre rejoindre une tante, elle n'avait pas beaucoup d'argent et Lili lui apportait très souvent de la nourriture qu'elle chipait à ses parents. Antoine s'en était rendu compte mais la bonté et la spontanéité de sa sœur lui allaient droit au cœur, il ne disait rien.

Eblouie par la luxe de la suite, les yeux de la petite brillaient de plaisir et de curiosité, Maud et Lili restèrent bouche bée quand Margot sortit la robe de sa housse.

De nombreux boutons en ivoire couraient le long du dos et cela prit du temps pour tous les ajuster.

Devant le miroir, la jeune femme admirait le merveilleux travail de son couturier : la robe était en satin noir à traîne couverte de strass qui scintillaient à chaque mouvement.

Son buste au décolleté profond laissait deviner une poitrine ferme et menue, le chignon savamment coiffé par Maud dégageait avec douceur son cou très fin.

Les manches bouffantes à la mode et le tour de cou en velours orné d'un camée, cadeau de John, complétaient cette tenue époustouflante.

— Maman, tu es la plus zolie du monde » dit Lili.

— Je confirme » ajouta John qui venait d'entrer.

— Toi aussi, tu es le plus zoli du monde »

Le père, en smoking, gilet en coton blanc et nœud papillon était ravi des paroles de sa fille et l'embrassa tendrement. Quand Lili parlait avec son petit cheveu sur la langue, personne ne lui résistait.

Maud déposa Lili qui était restée dans ses bras et partit un gros pourboire dans la main toute heureuse, avec la promesse si elle le désirait de venir travailler chez eux à Londres. La petite, tout émue, joignit ses mains pour les remercier et accepta de suite, bousculée par Lili ravie qui la serra très fort.

Quand Antoine arriva et après avoir complimenté ses parents sur leurs habits de bal, il fut mis au point les consignes du soir.

Mais la petite avait une idée en tête !

Câline elle s'assit sur les genoux de son frère :

« Qu’est-ce que tu manigances ? » dit Antoine un peu inquiet.

— Euh ! Rien du tout, enfin ! Pour le dernier soir, on pourrait dormir sur, le pont promenade là juste à côté ?

— Non mais ça va pas, il va faire froid et il y a un brume humide, ce n’est pas raisonnable ! »

Comme d’habitude, une petite moue se mit sur son visage poupin et comme d’habitude Antoine céda.

Ils déménagèrent le coracle sur le pont. Lili suivait son frère d’un air triomphant emportant des couvertures et son doudou Pimpin. Le jeune homme se fit un lit tant bien que mal avec les coussins des transats.

Toute heureuse la gamine se coucha sagement dans son berceau après avoir embrassé de toutes ses forces son Toine chéri. Le garçon ferma le couvercle et s’allongea à côté d’elle.

La petite s’endormit presque aussitôt mais Antoine avait beau se tourner dans tous les sens, il n’arrivait pas à s’endormir.

Chapitre 21
L'avenir

Accoudés tous les deux au bastingage, Margot et John profitaient de cette belle soirée sur ce magnifique bateau qu'il les avait embarqués au Cap en direction de Londres.

Des notes de musique leur parvenaient de la salle de réception où ils allaient rejoindre leurs amis de voyage pour quelques pas de danse. Demain ils arriveront à Londres et une nouvelle vie commencera pour tous les quatre.

« Ma chérie, finies la poussière et la chaleur, j'espère que tu vas aimer ma ville et que nous allons être heureux, c'est mon seul désir.

— N'inquiète pas, nous serons heureux parce que nous serons ensemble, c'est aussi mon seul désir. »

John posa son bras sur son épaule, ils s'embrassèrent langoureusement, un moment, seuls au monde, sur l'immensité de la mer qu'ils ne voyaient car la brume avait entouré le bateau comme un cocon. Ils décidèrent avec regret de rejoindre les autres invités.

Leur entrée fit grande impression car ils avaient une grâce et une classe que beaucoup leur enviait. John était très fier de sa femme et prit plaisir à la faire tournoyer dans sa magnifique robe qui brillait à chaque mouvement.

Quelques heures plus tard, pendant que son mari était parti fumer le cigare et partager une bonne bouteille de whisky écossais avec des gentlemen très distingués, Margot resta sur le pont rêver à cette vie inconnue qui se trouvait devant elle, loin de l'Afrique du Sud et de la France qui l'avait vue naître mais qu'elle ne connaissait pas ;

Ses parents avaient émigré avec d'autres français avec l'illusion d'une fortune rapide dans les mines de diamants. Malheureusement, cela ne se passa pas du tout comme prévu : entre le travail harassant, les dettes, les conditions de vie déplorables et les maladies, beaucoup périrent loin de leur patrie dans l'indifférence totale des employeurs et des autres mineurs.

« Pauvre Maman, toi qui a tant souffert, tu es partie trop tôt pour voir comment ma vie a changé grâce à un homme merveilleux John ! »

Son père, quelques mois plus tôt, fut mêlé, malgré lui, à une rixe entre mineurs et prit un coup de couteau qui ne lui était pas destiné. Il mourut sans que personne ne vienne à son secours comme un chien dans une ruelle puante.

Margot se retrouva seule à dix-huit ans, sans argent. Elle n'eut pas le choix de travailler et se retrouva serveuse dans une cantine pour mineurs subissant les quolibets et les gestes déplacés d'ouvriers en mal de femmes. Elle serrait les dents en se disant qu'elle ne voulait pas finir sa vie dans cet endroit maudit.

Dans son malheur, un contremaître la remarqua et la prit sous son aile : elle lui rappelait tellement sa fille morte quelques mois plus tôt qu'à chaque fois qu'il voyait Margot, il avait les larmes aux yeux.

Tous les mois, ce brave homme partait au Cap rendre compte à son patron des avancées des travaux des mines. Il proposa à la jeune fille de l'emmener car il avait entendu la gouvernante dire qu'il lui fallait une aide d'urgence. Margot se laissa convaincre rapidement et partit heureuse de quitter cet horrible endroit sans un regard en arrière.

Chapitre 22
Le début de la vie sur l'île

Au moment où ils débarquèrent sur l'île, Sterenn se réveilla toute endolorie. Elle se mit à vomir avec des soubresauts et des tremblements inquiétants. Yves la prit dans ses bras, entra rapidement dans sa maison et la déposa sur le lit avec douceur, la couvrit d'une grosse couverture de laine et se précipita pour lui faire une tisane bien chaude.

Elle s'était recroquevillée en position fœtale comme pour faire disparaître, les images et surtout la sensation d'étouffement qui ne la quittait plus.

C'était comme si Yann était toujours sur elle avec ses sales pattes de violeur, le relent d'alcool au-dessus d'elle persistait l'empêchant de sentir aucune autre odeur. Son bas-ventre la brûlait mais son corps était glacé.

Le jeune homme s'approcha avec une tasse fumante :

« Bois un peu de cette tisane, elle est faite avec des herbes dont ma mère avait le secret et ça va te faire du bien, j'y ai mis du miel ! »

Elle le regarda d'un air hagard mais prit la tasse, le goût délicieux lui fit du bien et elle lui sourit timidement.

« Pourquoi m'as-tu sauvée, je ne suis rien pour toi, une inconnue meurtrière, une fille parmi tant d'autres, je vais te créer que des ennuis ? »

Elle lui avait répondu en le tutoyant comme lui, elle ne comprenait pas pourquoi il l'avait « sauvée », elle essayait de voir dans les yeux d'Yves, la vraie raison de son sacrifice.

« Tu m'avais racontée ton histoire et maintenant avec la mort de ton frère, tu te retrouves seule sans famille, je ne pouvais pas te laisser là- bas sur le quai prête à te faire juger à cause de ce salopard, non je ne pouvais pas… »

A bout d'arguments, il se tut de peur d'en dire trop. Sterenn se tourna vers le feu de la cheminée, des jolies flammèches comme de petites vies sautillaient joyeusement comme un appel à une nouvelle existence. Elle se rendormit tandis qu'Yves sortit rentrer son matériel.

Quand il revint chez lui après avoir rangé son matériel, la jeune fille dormait toujours mais le feu avait repris de plus belle, quelques bouses sèches bien alignées avaient été déposées et une douce chaleur régnait dans la maisonnée.

Il sourit et prépara le repas, rasséréné par ce geste et confiant, il s'appliqua à lui faire une bonne soupe.

Quand elle se réveilla, il insista pour qu'elle mange et tous les deux se retrouvèrent pour la première fois, assis l'un à côté de l'autre pour partager un repas.

Yves avait acheté des fraises et tout fier de lui les proposa à sa compagne mais en croquant dedans tous les souvenirs de son enfance réapparurent et elle se mit à pleurer sans pouvoir s'arrêter.

« Qu'est-ce que tu as ?

— C'était les fruits préférés de ma mère »

Yves voulut poser la main sur celle de la jeune fille mais le contact de la peau rugueuse du jeune homme lui fit retirer sa main avec une telle violence qu'Yves n'osa plus bouger.

Plus tard, elle l'entendit parler à ses bêtes et s'occuper de son jardin, elle ne voulait pas sortir malgré le beau ciel bleu, elle ne voulait rien, ne demandait rien, juste mourir, c'était tout ce qu'elle voulait et Yves ne pouvait rien pour elle malgré sa gentillesse.

Quand Yves revint, il s'aperçut qu'elle avait tout lavé et que la maison sentait bon : un léger parfum de savon et de propreté comme du temps de sa chère maman.

Sterenn avait été habituée à s'occuper de la maison de sa tante et d'aider la pauvre Cécile. Malgré son chagrin, elle voulait se rendre utile.

Trois mois passèrent, Sterenn et Yves vivaient ensemble bien que les contacts physiques soient pour la jeune fille, impossibles, elle sentait bien que le jeune homme aurait voulu qu'elle soit sienne mais il était patient et attendait. Il lui avait fait une couchette près de la cheminée pour qu'elle se sente bien et la regardait très souvent quand elle dormait.

Un matin, elle sentit une transformation dans son corps, ses seins gonflaient et lui faisaient mal. Elle avait envie de vomir dès qu'elle mettait le pied par terre. Avec horreur elle comprit.

Elle était enceinte de Yann, cet enfant serait celui d'un viol, le tueur de son frère, père de ce bébé à venir, non ce n'était pas possible. Elle ne pouvait engendrer un enfant qu'elle détesterait dès les premières minutes.

Dans ses pires cauchemars, elle voyait l'enfant déjà grand le visage couvert de taches de rousseur, lui sourire et l'image de Yann qui apparaissait triomphant devant elle, la narguant satisfait de son mauvais coup. Elle se réveillait en larmes, la rage au cœur.

Une fois encore, elle se retrouvait dans le malheur, rien ne lui aura été épargné. Elle avait honte, honte d'avoir dans son corps, un être innocent dont elle ne voulait pas. Elle avait l'impression qu'une bête immonde avait envahi tout son être et qu'il allait grossir et lui éclater le ventre.

Perdue dans ses pensées lugubres, Sterenn se rappela alors qu'elle avait apporté le matériel de sa tante pour le donner à Gwenola.

Soudain elle se dit :

« Mon dieu, je n'ai pas tenu ma promesse, que va-t-il lui arriver ? c'est de ma faute ! »

La jeune fille se retrouvait dans la même situation que son amie.

Yves, devant l'insistance de Sterenn d'avoir des nouvelles de Gwenola, lui promit d'aller voir la jeune fille dès qu'il retournerait à Douarnenez. Mais il savait très bien qu'il n'en ferait rien. Il avait bien trop peur qu'on apprenne que sa compagne vivait sur son île.

Malgré tout, il quêta quelques rumeurs en arrivant au port quelques semaines plus tard et apprit que la jeune Gwenola s'était pendue dans le grenier de sa grand-mère, sans doute désespérée de ne plus voir Sterenn.

Quant à Jeannette, elle entra dans une colère monstre quand elle s'aperçut que son matériel avait disparu et maudit sa nièce pour l'éternité en levant les bras au ciel.

Yann, lui, repartit en mer sous les yeux soupçonneux de Clément. Sa cousine morte et Sterenn disparue, le jeune homme se posait beaucoup de questions mais la vie avait repris et la pêche abondante lui occupait tout son esprit et son temps.

Yves, encore une fois, mentit et raconta à Sterenn que Gwenola avait perdu le bébé naturellement.

« C'est son cousin Clément qui me l'a dit, je sais que tu le connais, c'est un brave garçon, dit-il comme pour lui prouver que c'était la vérité.

— Oui, je le connais et merci de me donner des nouvelles de mon amie, répondit-elle réconfortée.

— Ta tante est furieuse de ton départ et te traite de tous les noms, elle dit que tu es une voleuse et une bonne à rien, ajouta-t-il pour faire diversion.

— Ah ! Celle-là, elle peut crever comme son amant, je ne la reverrai plus, bon débarras, elle va encore se venger sur la pauvre Cécile ! »

Finies les brimades de cette mégère, finies les odeurs de sardines à vous lever le cœur, fini le travail de nuit, elle était en sécurité maintenant et personne ne la recherchera.

Etonnée de reconnaître qu'elle avait trouvé une certaine quiétude avec Yves, elle revint à la réalité brusquement.

« Il faut que je débarrasse de ce bébé très vite, mais je ne veux pas qu'Yves le sache, j'ai vu comment Jeannette faisait, je vais me débrouiller toute seule encore ! » prononça-t-elle tout bas.

Quelques temps plus tard, la jeune fille lui demanda pour l'éloigner de la maison, de lui acheter du tulle et des cotons quand il retournerait en ville. Le jeune homme partit un matin, un peu étonné quand même de cette soudaine envie de coudre, elle qui restait très souvent sans rien faire assise près de la cheminée, les yeux dans le vague.

Depuis son arrivée, Sterenn n'était pas sortie de la maison, elle n'avait pas vu la mer, ni les animaux, ni les fleurs du jardin.

Silencieuse, elle s'occupait du ménage, faisait à manger, rangeait, entretenait le feu, avec des gestes lents.

Yves avait très peur qu'elle perde la tête comme sa mère. Il voulait qu'elle soit heureuse avec lui, qu'il forme une famille, peut être avec des enfants… aussi peu importaient ses demandes, il lui cédait juste pour voir un sourire sur ce joli visage si triste qu'il aimait tant.

Chapitre 23
L'avortement

Sterenn suivit discrètement Yves quand il préparait son départ pour la ville. Elle fut éblouie par les rayons chauds du soleil et fut prise de vertiges pour sa première sortie à l'extérieur de la maison.

Cette maison était devenue depuis quelques mois un refuge, un cocon protecteur.

En dehors de ce havre de paix, elle avait peur, peur des autres, peur qu'on vienne la chercher I Pourtant ce qu'elle allait faire lui déchirait le cœur. Elle ne voulait pas qu'Yves le sache et peut être lui fasse changer d'avis.

Depuis des jours et des jours, des images affreuses se bousculaient dans sa tête. Elle se rappelait la terreur et l'humiliation dans les yeux de cette pauvre fille chez sa tante. La honte d'enlever la vie contraire à ses principes religieux lui donnait aussi beaucoup de soucis. Sa mère lui manquait dans ces moments tragiques.

« Ce n'est pas un enfant voulu ou un accident mais l'enfant d'un viol, comment pourrais-je aimer ce bébé qui me rappellerait toute ma vie que son père était un monstre ? » se sermonnait-elle quand elle commençait à perdre pied.

A d'autres moments en effet, elle pensait qu'il ne ressemblerait pas à son père mais que ce serait le portrait de son frère qui revivrait et qu'il serait un enfant très gentil.

« Que c'est dur de prendre une décision si grave toute seule sans conseil ! » Mais elle n'avait pas le choix.

Sa décision était prise et en revenant à la maison sans avoir regardé la beauté du paysage de cette île magique, elle ferma la porte à clé et sortit les instruments de sa tante.

Elle mit le produit noirâtre dans la poire et s'allongea sur son lit, écarta les jambes et enfonça le tuyau le plus loin possible dans son vagin. Elle appuya de toutes ses forces et sentit le liquide tiède entrer.

Craignant de ne pas avoir mis assez de produit, elle remplit à nouveau la poire et recommença l'opération. Une violente douleur dans son bas ventre la fit hurler de douleur, les larmes aux yeux, elle ramena ses jambes vers son ventre pour atténuer les contractions.

Soudain un flot de sang sortit et une masse informe apparut. Elle s'évanouit épuisée.

Combien de temps était-elle restée prostrée ? Sterenn revint à elle quand elle entendit des coups sur la porte. C'était Yves !

Il avait vu la jeune fille le suivre et avait fait le tour de l'île avant de revenir sur ses pas. Il sentait qu'elle lui cachait des choses. Quand il vit la porte fermée à clé, il sut.

Elle ne bougeait pas, ne répondait pas. Alors n'y tenant plus, le jeune homme fracassa la porte avec une telle violence que Sterenn hurla de peur.

Les yeux exorbités, il vit la couche de la jeune fille couverte de sang et se précipita à son chevet.

« Mais qu'as-tu fait ? » dit-il en pleurs.

— Je me suis avortée, voilà, je ne pouvais pas garder cet enfant, tu comprends ? » répondit-elle dans un état second.

— Mais pourquoi tu ne m'as rien dit ? »

— Parce que j'avais trop honte de moi ! »

— Mais enfin, ce n'est pas à toi d'avoir honte mais à ce salopard, lève-toi, je vais changer les draps ! »

— Non, c'est à moi de le faire »

Mais à peine debout, elle eut des vertiges et Yves la fit asseoir d'autorité dans le grand fauteuil de sa mère près du feu et fit disparaître tout ce qui avait servi à l'avortement.

En revenant, il lui prépara une décoction de plantes pour apaiser la douleur et calmante que sa mère lui préparait quand il était malade.

Le jeune homme la regardait boire par petites gorgées et ne parlait pas. Il ne savait pas s'il devait la trouver courageuse ou folle d'avoir pris tant de risques.

« Peut-être que je l'aurais détesté ce gosse ! je préfère penser à celui que nous aurons tous les deux, un enfant de l'amour ! »

Il se réconfortait toujours à chaque évènement qui arrivait, se persuadait qu'il faisait le bon choix de mentir et de soutenir coûte que coûte sa compagne.

Elle retourna dans son lit tout propre et s'endormit. Yves déposa un baiser léger sur son front et partit dans son jardin.

C'est là qu'il se réfugiait. Il parlait à sa mère, lui demandait conseil.

« Je suis sûr, Maman que tu comprends ce que Sterenn a fait, qu'elle n'avait pas le choix même si elle a honte de son acte. Je sais que c'est la femme que j'aime, que nous somme faits l'un pour l'autre »

Rassuré, il reprenait son travail avec courage et détermination.

Chapitre 24
Naissance de leur amour

Cela faisait un long moment que Sterenn était sortie de la maison.

La jeune fille avait eu une nuit très agitée et Yves s'était levé plusieurs fois pour la recouvrir.

Il avait installé leur deux paillasses de chaque côté de la cheminée, il pouvait la surveiller de près, toujours inquiet. Mais la fatigue avait eu raison de lui et au petit matin, il s'était endormi, épuisé.

Quand il se réveilla, il faisait déjà jour et à travers la petite fenêtre, il vit une bruine épaisse. Il resta allongé, son esprit toujours bousculé par les mêmes questions.

« Avait-il eu raison de la ramener sur son île ? De quel droit s'était-il permis de décider pour elle ? »

Mais à chaque fois, il argumentait avec mauvaise foi qu'il n'y avait pas eu d'autres solutions.

Pour lui, il l'avait sauvée de sa solitude et lui de la sienne. En l'emmenant sur son île, elle était en sécurité loin de sa tante, des usines, de la saleté de la ville et de ses dangers, de toute façon, elle n'avait plus personne. Alors !!!!!

Rassuré, il se leva et c'est à ce moment qu'il vit la couche vide de la jeune fille. Son cœur se mit à battre violemment.

« Mon Dieu, où est-elle ? Elle ne doit pas être loin, il faut que je la retrouve vite car j'ai peur qu'elle veuille se jeter à la mer et retrouver sa famille. Elle est très triste en ce moment et le mauvais temps qui arrive ne va pas arranger les choses. »

Petit à petit, elle s'était aventurée avec précaution vers la mer et trouva un coin de plage isolé où elle pouvait sentir le soleil la réchauffer et enfoncer ses doigts dans le sable fin.

Malgré tout ce qu'elle avait vécu, elle était vivante s'étonnant elle- même de cette réalité.

Yves l'avait aperçu plusieurs fois dans son petit coin secret mais n'avait rien dit la laissant seule avec ses souvenirs.

« Je suis sûr qu'elle est là-bas ! » se dit-il tout en s'habillant rapidement. La pluie commençait à tomber plus fort ce qui inquiétait le jeune homme.

Quand il arriva sur la plage alors que le jour commençait à se lever. Il entendit une voix familière qui criait à tout vent.

Sterenn était debout les bras écartés. La colère, qui grondait en elle depuis quelques jours, s'était transformée en une violente envie de hurler.

« A quoi tu sers, hein !, toi, oui je te parle, le bon Dieu, tu parles, hein !, pourquoi tu les as laissés mourir, hein !, dis-moi, ils n'avaient jamais fait de mal à personne, ils allaient à la messe tous les dimanches, aidaient les pauvres. T'as fait quoi, hein !, rien, tu as laissé mon père mourir alors qu'il était en train de sauver notre voisin et ma chère maman brûler dans sa maison. Et mon frère, cette âme pure, tu n'as rien fait non plus, t'avais autre chose à faire sans doute, on ne vaut rien à tes yeux, bien sûr tu ne réponds pas c'est trop facile ! Maintenant je suis sur une île perdue parce que j'ai tué un homme qui m'a violée et je me suis avortée pour ne pas haïr cet enfant. Tu t'en fous bien sûr, pourquoi toutes ces épreuves, qu'est-ce que ma famille a fait pour avoir si souffert, je ne croirai plus jamais à tes boniments, je te maudis, tu n'es plus rien pour moi, tu ne sers à rien ! »

Sterenn continuait à hurler, jamais Yves ne l'avait vue comme cela, elle si douce et réservée.

Soudain elle se tue et tomba d'épuisement. Le jeune homme se précipita vers elle la prit dans ses bras.

Elle leva son visage baigné de larmes vers lui et se blottit contre son épaule, sentant pour la première fois sa bonne odeur d'homme. Il la souleva doucement et ils prirent rapidement le chemin de la maison.

La jeune fille semblait avoir laissé sur la plage toute sa rancœur et retrouver un calme qu'elle ne connaissait plus.

Un petit coin du ciel bleu s'ouvrit face à eux et illumina le couple d'une clarté poudreuse et étrange.

Arrivés tous deux trempés, Yves déshabilla Sterenn et lui-même. Les vêtements fumaient devant la cheminée, Entourée nue d'une couverture, la jeune fille regardait le feu, ils n'avaient pas dit un seul mot depuis la plage.

Yves, nu aussi couvert d'une peau de mouton, s'approcha de la jeune fille avec précaution s'attendant sans doute à un réflexe de rejet mais elle ne bougea pas.

Sterenn se recroquevilla contre Yves et leva la tête vers lui. Ils étaient si proches qu'ils pouvaient voir la couleur si étrange de leurs yeux : un bleu presque violet d'Yves et un bleu turquoise de Sterenn.

Les lèvres du jeune homme se posèrent sur celle de la jeune fille et pour la première fois ils s'embrassèrent.

Il l'emporta vers son lit et se coucha près d'elle, elle ne refusa pas ses caresses, elle ne refusa pas ses baisers sur son corps comme une révélation que chaque partie de son être s'éveillait à l'amour charnel.

Quand il se mit sur elle, elle se raidit mais ne ferma pas les yeux. Elle se donna à lui parce qu'elle l'aimait, cela n'avait rien à voir avec le viol, là c'était de l'amour avec un grand A. Yves lui fit comprendre à ce moment-là que tous les hommes n'étaient pas des salauds ce qu'elle pensait depuis son agression.

Ils n'avaient toujours pas parlé. Yves, n'y tenant plus, fit la déclaration qu'il gardait depuis longtemps dans son cœur.

« Je t'aime depuis le premier jour où je t'ai vu sur le banc, ton ouvrage à la main. Ma mère n'avait dit que je rencontrerai une jeune fille douce dont je devrais prendre le plus grand soin. Elle ne s'est pas trompée. Je ferais n'importe quoi pour que tu sois heureuse, je comprends ta colère et on cherche souvent un responsable à nos malheurs même si cela ne change rien. On a une chance de vivre notre amour sans personne pour nous empêcher d'être heureux. »

Sterenn lui sourit très touchée par cette déclaration et ils restèrent longtemps l'un contre l'autre jusqu'au moment où il fit vraiment froid et qu'ils furent obligés de se lever pour s'habiller et entretenir le feu de bois en souriant.

« Moi aussi, je t'aime, tu es un homme droit et respectueux, tu m'as laissée le temps de me reconstruire et je te promets que je ferai tout moi aussi pour te rendre heureux » lui dit-elle en posant un léger baiser sur sa joue piquante.

Yves ravi, se mit à siffloter tout en aidant Sterenn à préparer le repas.

Ce fut une merveilleuse période de bonheur et de douceur, la jeune fille avait un peu honte d'avoir crié sur le bon Dieu mais finalement cela lui avait fait du bien et elle se sentait soulagée d'un énorme poids et voyait l'avenir avec joie.

Chapitre 25
La vie sur l'Île

Yves se rendait régulièrement sur Ouessant ou Molène pour vendre ses œufs et ses poulets et quelque fois un de ses cochons. Pour éviter les questions des îliens, il avait pris l'habitude d'avoir des versions différentes suivant le lieu car les habitants avaient bien remarqué que ses achats étaient plus nombreux et particuliers depuis quelques temps.

Pour couper court à tout commérage, il leur avait dit qu'il s'était marié avec une fille du continent sans donner de détails trop précis. La vie de ces deux « sauvages » semblait toutefois n'intéresser que peu de personnes mais Yves préférait rester évasif.

Yves se servait du trésor de son père, enterré sous le poulailler, quand il avait besoin d'aller sur le continent, acheter des tissus, des fils de broderie et du tulle pour Sterenn.

Comme son père, Yves connaissait quelques personnes peu recommandables qui venaient régulièrement à la foire, lui troquer des bijoux et d'autres choses de valeur en douce contre de l'argent. Cela permettait au jeune homme d'acheter des denrées plus rares comme des biscuits, des fraises mais aussi des chaussures, des brosses, des peignes tout ce qu'il imaginait que sa compagne aurait besoin.

Sterenn gardait précieusement la jolie broche, qui représentait pour elle, le premier signe de leur future union.

Quand elle lui avait demandé d'où venait cet objet, il lui avait répondu sans hésiter qu'il venait de sa mère comme cadeau de mariage.

Pour lui, ce trésor devait rester secret et lui permettre de gâter la jeune fille sans qu'elle se soucie de la difficulté à vivre sur une île.

Les mois passaient et lorsque le temps s'assombrit et que les tempêtes se succédaient les unes aux autres avec des vents violents et des vagues monstrueuses. Ils s'enfermaient tous les deux après avoir mis à l'abri leurs bêtes. Quelquefois la maison tremblait et craquait sous les rafales de vent mais un simple regard confiant de son compagnon suffisait pour rassurer Sterenn.

Alors pendant quelques semaines, ils tricotaient de bons pulls et des bas biens chauds pour eux et pour vendre, près de la cheminée et se racontaient leur jeune vie passée. La maison semblait se transformer en un ventre maternel où une douce torpeur les enveloppait tandis que dehors le vent et la pluie les isolaient de l'autre monde.

Yves continuait à prendre soin de ses moutons bien à l'abri derrière les murets en forme d'étoile à trois branches, construits par son père : le gwaskedoù.

Dès qu'il y avait une éclaircie, tous les deux sortaient aspirer l'air marin vivifiant et restaient souriants face à la mer déchaînée, les cheveux mouillés et le nez rouge.

Sterenn ne connaissait rien à la pêche mais grâce à Yves, très fier, elle comprit qu'il était facile de se nourrir avec quelques astuces.

Avec une gaffe, elle apprit à dénicher sous les pierres des tourteaux et un jour, elle attrapa un homard qu'elle brandit vers Yves triomphante et hilare : leur dîner fut une vraie fête.

Yves, adroit comme son père, rapportait régulièrement de son bateau non loin du rivage, raies, roussettes et turbots tandis que la jeune fille creusait un sillon dans le sable et ramassait des lançons ou des équilles délicieuses en friture.

Le temps passait et les tempêtes se firent rares, le soleil plus présent semblait vouloir réchauffer leur petite maison. Les deux amoureux partaient gratter le sol pour débusquer les précieuses arénicoles.

Bien que Sterenn trouvât cette recherche peu ragoutante, elle jouait le jeu avec son compagnon à celui qui en ramasserait le plus. Au fil du temps, elle se montra très adroite.

De son bateau, Yves arrachait le goémon à l'aide d'une serpe et de longs crocs pour le rapporter et l'étaler sur le sol. Sterenn ramassait à la faucille, le goémon de rive : le maerl pour faire aussi de l'engrais.

Au fil des mois, le visage et les bras de la jeune fille prirent une jolie couleur dorée, alors que le reste de son corps restait blanc comme neige, ce qui amusait beaucoup son compagnon quand elle était nue.

Tous les deux travaillaient toute la journée sur ce morceau de caillou plein de ressources, loin du monde, sans nouvelles du continent, ils s'étaient créer une planète joyeuse et hors du temps.

La maison était très petite en pierres apparentes, les fenêtres et l'unique porte peintes en bleu. La maman d'Yves avait créé avec ce qu'elle trouvait sur la grève, des tableaux en bois flotté très originaux et des colliers en coquillages que la jeune fille portait souvent au grand plaisir de son compagnon.

Yves revint un jour, avec de nouvelles poules, trois brebis prêtes à mettre bas et deux adorables porcelets à engraisser jusqu'en novembre, des plants de pomme de terre et des graines de seigle et d'orge complétaient son chargement.

Abasourdie de voir ces animaux si terrestres se faire balloter depuis quelques heures par une mer souvent agitée, elle les vit sortir des cages tout heureux de retrouver la terre ferme.

Le souffle de la grande terre asséchait pour quelques semaines le sol et permettait les semailles, il fallait donc être prêt et c'est avec courage qu'ils se mirent au travail.

Chapitre 26
Les beaux jours

Yves, tout heureux de voir sa compagne si volontaire pour l'aider, lui apprit tout ce qu'il savait sur la nature, l'élevage, la pêche et comment vivre sur une île au milieu de nulle part et affronter les tempêtes, le vent, la pluie et pleins de choses encore que Sterenn avait du plaisir à l'écouter et à faire avec lui chaque jour.

Sterenn n'avait plus peur, elle se sentait forte, elle savait que ses parents et son frère la protégeaient et que leur présence la rendait invulnérable.

Elle ne regardait plus Yves comme simplement son sauveur mais comme son compagnon, celui qui lui avait révélé son corps et elle aimait se sentir désirée.

Yves, lui, était aux anges. Tout cet amour lui remplissait de joie et il n'avait de cesse de regarder sa compagne comme un miracle. Il se disait que c'était les plus beaux jours de sa vie et que sa mère avait eu raison.

Fini les questions sur son secret, tout ce qu'il voulait c'est qu'elle oublie ses malheurs et qu'il crée avec Sterenn un couple fort et indestructible.

Leurs journées étaient remplies de soins aux animaux, à la culture de leur petit potager. Sterenn faisait la cuisine et entretenait la maison : un vrai petit paradis. Ils avaient l'impression d'être sur une autre planète protégés de tout, libres.

Chapitre 27
La découverte de l'Île

Sterenn se réveillait d'un long cauchemar, elle ouvrait grand les yeu et découvrait avec enthousiasme la nature autour d'elle.

Avant cette explosion d'amour, elle n'avait rien regardé à part la mer et le sable. Elle sortait droit devant elle, comme mue, par une envie de prendre l'air un moment, encouragée par Yves qui s'inquiètait de sa pâleur et de tristesse lancinante.

Quand Yves partait faire ses achats à Ouessant ou Molène, elle ne sortait pas de la maison.

Mais, c'était fini tout ça, elle regardait et écoutait. Maintenant ils partaient tous les deux, sentir, observer le moindre espace de ce minuscule bout de terre.

Sterenn s'émerveillait de l'éclosion soudaine après la pluie d'un tapis de mousse coloré qu'Yves appelait le « moudez » sur un sol qui paraissait aride quelques jours avant : minuscules pâquerettes blanches, panicauts bleus, œillets marins peignaient cette terre si étonnante.

Ils humaient la bonne odeur de thym mélangée à la brume douce chargée de sel.

non loin de la maison, dans les grosses meules de varech, elle découvrit des milliers de talitres bruyants affairés à se nourrir dès le soir tombant. C'était très amusant de les voir sauter très haut et de plonger dans les algues sèches.

Que de surprises pour la jeune fille qui ne connaissait que les mouettes criardes et sales continuellement en recherche de nourriture plus ou moins pourrie et qui se jetaient avec voracité sur les viscères des sardines jetées dans le port. Sterenn ne les aimait pas du tout quand elles la frôlaient alors qu'elle brodait ou tricotait sur son banc favori.

Yves lui expliqua qu'i y avait de magnifiques oiseaux qui se reproduisaient sur l'île mais qu'il ne fallait pas les déranger seulement les observer. Sa mère lui avait appris le respect de tous les êtres vivants et qu'ils ne faisaient qu'un dans le monde.

Ils s'allongeaient tous les deux comme des enfants curieux et souvent près des galets alignés, ils pouvaient observer de loin le petrel tempête et quelquefois avoir la chance d'entendre les premiers piaillements des petits affamés.

Celui qui plaisait le plus à la jeune fille était le fou de bassan, quand il plongeait dans les flots et ressortait triomphalement un poisson dans son log bec effilé. Sterenn applaudissait sous le regard amusé de son compagnon et celui très dubitatif de ce grand oiseau.

Son regard indifférent était tourné vers la mer, prêt à repartir, montrant à nos deux amoureux son magnifique pelage blanc, sa tête jaune, sa queue noire et son œil bordé de noir comme maquillé.

Yves préférait le macareux avec son bec crochu orange blanc et noir, pattes palmées et tenue de smoking : un vrai festival de couleurs pour un si petit oiseau sympathique.

Yves retrouvait avec Sterenn, son enfance avec sa maman quand son père était parti et qu'ils se sentaient heureux tout simplement : des moments magiques.

Un jour qu'elle s'était assise sur sa plage favorite pour discuter avec ses parents et son frère, rendez-vous maintenant apaisé, elle entendit un grognement très étrange, elle s'avança avec précaution et vit une maman phoque grise qui donnait naissance à son petit. La jeune fille ne pouvait quitter cette scène de maternité : des mauvais souvenirs commencèrent à envahir son esprit mais elle les balaya d'un geste brusque.

Peut-être qu'elle aussi, un jour, elle accouchera dans sa petite maison mais une grossesse se faisait attendre et les mois passaient sans résultat pour le moment.

La jeune fille se demandait souvent si son avortement l'avait rendue stérile mais n'osait pas en parler à Yves qui, de son côté, ne s'inquiétait pas, trop heureux pour le moment de rester avec Sterenn, tout à cet amour grandissant.

Yves lui racontait souvent que des dauphins suivaient son bateau quand il se rendait à Ouessant et que ces animaux splendides traçaient des longs sillons sur la mer. La jeune fille « mourait » d'envie d'aller avec lui voir ce spectacle mais avait trop peur que des gens la reconnaissent et la dénoncent pour la mort du patron pêcheur.

Chapitre 28
Le naufrage

Incapable de dormir, Antoine se redressa et regarda Lili qui dormait le pouce dans la bouche, son pimpin serré contre elle, Antoine se sentait inquiet. Il ne savait pas vraiment pourquoi mais cette brume persistante qui entourait le bateau, créait une sensation d'un grand malaise. Il n'arrivait pas à oublier les prédictions de la vieille femme au Cap.

Ils abordaient maintenant les dernières heures du voyage et il avait hâte que cela finisse.

Sortie de sa rêverie, Margot alla rejoindre Antoine :

« Il se passe des choses bizarres, tu ne trouves pas ! » demanda Margot.

— Oui je trouve aussi, l1 équipage parle peu, nous dit que ce rien qu1 il faut rester calme, mais il s'agite partout et je t'avoue que je ne me sens pas tranquille, il vaut mieux que nous restions reste ensemble « répondit le garçon.

Le bal était terminé et il voulait que sa famille soit près de lui. Le jeune homme avait vu les marins sonder le bateau sur toute la longueur. Les ordres de Pierce avaient fusés sèchement, toujours très sûr de lui. Les hommes du Drummond lui faisaient entièrement confiance et le garçon qui ne connaissait rien à la mer, se disait la même chose. S'il se passait quelque chose de grave, ils seraient tous à la hauteur pour protéger les passagers et appeler au secours.

Un moment, Antoine crut voir un feu au loin : Un bateau qui croisait non loin d1 eux ou un phare ? Puis il disparut.

Les matelots qui étaient à l'avant, avaient senti comme des grattements qui semblaient être causés par un frottement contre une épave ou un autre bateau, sans s'inquiéter vraiment mais allèrent prévenir le commandant.

Soudain les machines stoppèrent au grand mécontentement des passagers qui critiquaient déjà la lenteur du paquebot. Quelques hommes vinrent aux nouvelles tandis que les femmes partaient vers le salon pour papoter et d'autres descendaient aux cabines se changer et s'occuper des enfants. Il était temps d'aller dormir pour les quelques heures qui les séparaient de leur destination.

Des marins allèrent vérifier les soutes et le bateau continuait sa route. John, soudain inquiet, sortit du bar pour rejoindre sa famille comme poussé par une prémonition d'un danger imminent. Des matelots parcouraient les couloirs pour rassurer les passagers.

En remontant vers leur suite, John entendit des ordres de dégager les canots qui étaient suspendus à l'intérieur du bateau depuis l'escale de las Palmas.

Margot et Antoine furent soulagés de revoir John qui les rejoignit presque en courant.

« Qu'est-ce qu'il se passe ? demanda Margot.

— Le Drummond a heurté une épave apparemment et il y a une avarie d'eau, les machines sont arrêtées et le mécanicien est descendu renverser la vapeur pour éviter une explosion. Je pense que nous allons être obligés de monter dans les canots de sauvetage, occupez- vous de Lisbeth, moi je vais réunir les documents de la succession et je reviens. » dit John.

Avant même qu'il puisse entrer dans la cabine, il se produisit un basculement terrifiant vers l'avant.

Le bateau piqua de l'étrave brusquement, alors que l'arrière avec son hélice montait hors de l'eau.

Dans un énorme bruit de ferraille et d'aspiration, le Drummond s'enfonça droit dans les entrailles de la mer.

Margot et Antoine, qui se tenaient la main, tombèrent brutalement contre la cabine puis un monstrueux remous les souleva pour les emporter loin du navire.

Il n'existait plus ce fier paquebot, disparu avec tous ces gens : passagers et personnel du bateau. Il y eut des cris d'épouvante des demandes à l'aide, des appels aux proches.

Avant de tomber dans l'eau, la jeune femme avait eu le temps de voir le coracle de Lili partir au large balloté comme un bouchon de liège et un homme plonger à sa suite : peut-être John ?

Revenue à la surface, elle cracha l'eau de mer qui lui envahissait la bouche et elle agrippa le premier objet qui lui tomba sous la main. Ses longs cheveux trempés, le regard affolé, elle cherchait autour d'elle un signe de vie.

Il n'y avait presque plus de bruits, quelques râles de désespoir déchiraient la brume épaisse.

La jeune femme regardait partout, elle avait lâché la main d'Antoine quand ils avaient été précipités dans l'eau et elle ne le voyait nulle part.

Combien de temps s'était passé depuis le naufrage, elle ne savait plus rien, complètement perdue dans une eau noire et inquiétante.

Margot se mit à hurler de peur et appelait sa fille, son fils et son mari dans un cri de déchirement horrible d'autres cris, d'autres demandes à l'aide lui parvinrent aux oreilles.

Voilà c'était fini, plus de projets, plus de rêves, plus de Londres, elle avait tout perdu ces amours où sont-ils ?

Elle sentit soudain un corps qui s'agrippait à elle. Terrifiée elle faillit le frapper pour se dégager quand elle s'aperçut que c'était Antoine, trempé mais vivant.

Folle de joie, ils se regardèrent les larmes aux yeux. Elle l'aida à s'accrocher à son épave. Il avait une plaie sur le front très profonde qui saignait beaucoup et semblait souffrir.

« C'est toi maman ? Oh mon dieu ! Où est Papa ? Dis-moi et Lili, j'ai vu son berceau partir au loin et quelqu1 un plonger derrière lui ?

— Je ne sais pas Toine, je ne comprends rien c'était si soudain !

— Il faut s'accrocher, on va venir à notre secours.

— Tu as raison, et je suis sûre que nous allons nous retrouver tous ensemble bientôt un peu rassurée.

— Tiens-toi bien, tu as mal ?

— Je crois que j'ai des côtes cassées, j'ai du mal à respirer. Quand je suis tombé, j'ai heurté le bastingage et j'ai très mal.

— Ne t'inquiète pas, tu seras soigné bientôt, tu vois que ton père avait raison quand il disait que tout le monde devait savoir nager, cela nous sauvera la vie à tous les quatre ! »

Son instinct de mère avait ressurgi dès qu1 elle était près de Toine qu1 elle aimait comme son propre fils et qui lui rendait bien.

Son désespoir s'était transformé en une envie de vivre violente, mais non ce n'est pas possible, nous allons aller en Angleterre, ce n1 est pas concevable que tout se termine comme ça. John va retrouver Lili et la ramener. Nous sommes une famille, nous allons être heureux voilà ! Essayait-elle de se convaincre.

De tous côtés des corps flottaient, des objets insolites comme des chapeaux, des peaux de bêtes et autres meubles, transats…

Antoine avait de plus en plus mal et serrait les dents pour ne pas crier de douleur.

Comme Margot, il n'acceptait pas ce qui arrivait.

« Nous allons nous en sortir, ce n'est pas possible autrement, nous sommes si heureux ensemble pourquoi on serait s séparé, le vie, c'est pas cela, Papa va chercher Lili, je suis sûr qu'il va la trouver et la ramener avec nous, ils vont venir nous aider et on repartira avec un autre bateau »

Tous les deux se souriaient tristement, chacun dans ses pensées. Ils avaient froid, ne savaient pas où ils se trouvaient mais plein d'espoir.

Après la grande vague du naufrage, la mer était calme et la brume toujours présente augmentait la sensation d'être seuls, seuls au monde, seuls dans un endroit inconnu sans aucun repère.

Les heures passaient de plus en plus difficiles, Margot sentait sa robe peser de plus en plus lourd et qui l'attirait vers le fond.

« Aide moi à enlever ma robe, elle est très lourde et j'ai beaucoup de mal à tenir sur la planche !

— D'accord « réagit Antoine, immédiatement prêt à tout pour aider sa maman de cœur.

Mais ses mains étaient engourdies par le froid et les boutons de nacre étaient si petits qu'il ne pouvait les enlever il essaya de longues minutes mais Margot comprit que ce serait inutile.

Cette robe magnifique était couverte de sequins qui lui donnaient cette allure majestueuse mais qui serait pour elle, son linceul car elle s'épuisait à vouloir tenir la planche. Plus les minutes passaient, plus son corps souffrait, elle aurait voulu arracher sa tenue mais c'était impossible.

« J'ai voulu cette robe pour faire plaisir à mon mari mais peut être aussi pour me convaincre que je pouvais être à la hauteur de la société que j'allais bientôt rencontrer « se dit-elle désabusée.

« Ne t'inquiète pas Toine, je vais tenir jusqu'à l'arrivée des secours, reste près de moi, je voudrais te demander quelque chose ?

— Dis-moi ! répondit le garçon inquiet par le ton de la voix.

— Si les secours arrivent trop tard pour moi, jure moi que tu retrouveras ta sœur et ton père même s'il te faudra beaucoup de temps, car je sais qu'ils sont vivants, c'est mon cœur qui me le dit !

— Je te le jure, je les retrouverai mais nous serons ensemble n'est-ce pas. « Toine avait les larmes aux yeux.

La jeune femme ne répondit pas.

Ils restèrent de longs moments sans parler, puis Toine sentit le sommeil le gagner et il commença à reposer sa tête endolorie sur l'épave tournant le dos à sa maman quelques instants quand tout à coup le planche bascula sur le côté de Margot et il vit la jeune femme s'enfoncer dans l'eau les cheveux comme des algues disparurent. Il hurla de douleur et de désespoir.

Chapitre 29
Le calvaire d'Antoine

Antoine était toujours là, agrippé à sa planche. Il revoyait sans arrêt, les dernières images de sa belle maman. Elle avait disparu, emportée par le fond, les yeux exorbités, les mains tendues vers lui.

« Pourquoi je n'ai pas réussi à la libérer de sa robe, c'est de ma faute si elle est morte, comment je vais expliquer cela à Papa ? pourquoi personne ne vient à mon secours ? « se sentant coupable et abandonné, le pauvre jeune homme pleurait sans pouvoir s'arrêter.

Tout à coup, quelque chose de mou le cogna par derrière. Effrayé, il se retourna et vit un corps : une jeune fille apparemment. Il reconnut avec effroi, Maud, la jolie servante qui avait aidé sa mère à s'habiller pour le bal.

« Quelle tristesse de voir ce cadavre d'une gamine un peu plus vieille que lui. Elle, souriante et pleine d'espoir, rêvait déjà d'aller vivre avec la famille Lonsdale à Londres, c'était fini pour elle. » se dit Toine le cœur gros. Il dut la repousser pour qu'elle ne s'appuie pas sur lui, un peu honteux de ne pouvoir l'aider mais il était déjà trop tard.

Depuis combien de temps était-il là à flotter comme une épave. Perdu, les lèvres gonflées par le sel, les jambes durcies par des crampes douloureuses, il résistait.

En tête à tête avec lui-même, il eut soudain très peur, comme une panique incontrôlable qui lui serra le cœur et réveilla la douleur aux côtes.

Antoine est un jeune garçon de dix-sept ans et la peur insidieuse le rend impuissant et fragile.

« Comment pourrais-je les trouver puisque je ne sais même pas où je me trouve ? Papa et Lili sont-ils vivants, où sont-ils ? Ont-ils été sauvés ? Eux, non plus ne savent pas où je suis ? s'interrogeait Antoine.

Plus le temps passe, plus il a froid, il a soif, il a faim, ses vêtements sont gonflés· et lourds, ses yeux le piquent, il s'épuise.

Il fait encore nuit, le brouillard épais augmente la sensation de fin du monde.

Sans la promesse faite à Margot, il aurait lâché prise tant la solitude et l'angoisse s'emparaient de tout son être. Il sentit le sommeil le gagner petit à petit, un engourdissement doux et calme comme une délivrance et une demande d'infini.

Son supplice dura des heures entrecoupé des sursauts de vie et d'abandon, il pensait aux autres passagers comme l'extravagant Carlos de Santos de la Tierra avec lequel il avait partagé de jolis moments de littérature et de son grand chapeau noir dont il se servait pour saluer les dames avec majesté *i* aux soldats qui ne verront pas leur famille qui les attendaient sur le quai, aux hommes d'équipage courageux et à sa tante Pauline qui ne les connaîtrait sans doute jamais.

Pour ne pas sombrer, il se raccrocha aux souvenirs des visages de Margot si jolie et si gentille avec lui, de son papa sévère mais juste et de Lili.

Sa Lili comme il disait tout le temps il s'était passé quelque chose d'extraordinaire entre eux. Dès sa naissance, Lisbeth avait fixé son frère intensément et lui avait agrippé le doigt avec force comme si elle ne voulait plus le lâcher sous les regards amusés des parents.

Dès qu'il prenait des cours d'équitation loin d'elle, Lili attendait son retour sur les marches du perron : personne ne pouvait la déloger de son poste d'observation et se précipitait dans les bras du jeune homme à peine arrivé.

Quand il faisait ses devoirs, elle restait sage près de lui, sans parler, au grand étonnement de toute la maisonnée qui connaissait bien la vitalité de cette coquine.

Ils ne se quittaient presque jamais, riaient de tout et Antoine redevenait, malgré son âge, un petit garçon jouant avec beaucoup de patience à des jeux de « filles « qui comblait de bonheur sa petite sœur.

Il revoyait ses bonnes joues roses, ses yeux malicieux, son enthousiasme à découvrir la nature : une enfant heureuse et pleine de vie.

« Allez, continue de te rappeler, ne t'endors pas, ne lâche pas »

Son cerveau devait continuer à travailler, à fixer les idées encore et encore.

Que c'était dur !! il se mit à parler tout seul, enfin dans sa tête puisque qu'il ne pouvait plus ouvrir la bouche : ses lèvres se crevassaient et le moindre mouvement provoquait une douleur insupportable.

« Ce n'est pas possible, le naufrage avait dû être signalé depuis longtemps, pourquoi personne ne vient me chercher ? Il y a bien eu des survivants, je ne suis pas le seul quand même de tous les passagers. Oh mon Dieu lje suis peut être très loin au large et personne ne cherche de mon côté ! »

Il ne pouvait pas crier, ni même appeler « au secours »

Chapitre 30
Le sauvetage d'Antoine

Le jour commençait à se lever mais la brume épaisse empêchait de distinguer les alentours. Antoine entendit des cris de mouettes et les vit tournoyer autour de lui.

« Peut-être que je me rapproche d'une terre ou qu'un bateau arrive vers moi, j'ai déjà vu comment ces grands oiseaux quêtent les poissons invendables rejetés à la mer par les pêcheurs au retour au port » se rappela-t-il.

La houle augmenta rendant l'équilibre de sa planche de plus en plus fragile. Une masse s'approcha de lui dangereusement sans qu'il puisse bouger : C'était une malle qui s'ouvrit brusquement au contact de sa planche, des vêtements, des chapeaux, des affaires de toilette tombèrent à l'eau. Il s'accrocha à un portant de cintres, jeta les derniers habits, pour se hisser dans cette caisse en carton goudronnée.

Mais il était tellement épuisé qu'il n'y arrivait pas et il glissa dans l'eau.

Le jeune homme revit les derniers moments de Margot disparaissant dans les flots et son instinct de survie fut plus grand que les douleurs de tout son corps.

Malgré les doigts endoloris, il réussit à monter sur la malle et s'effondra dedans et s'endormit.

« Maman, Maman, je crois qu'il y a quelqu'un là-bas !

— T'es sûre, je ne vois rien, ça fait un moment qu'on tourne, et on a vu que des objets de toute sorte qui viennent d'un bateau mais personne encore, attends je m'approche. »

Mari Jan et sa mère Victorine étaient parties de très bonne heure pêcher le maquereau comme à leur habitude. C'est en voyant des débris venant sans aucun doute d'un naufrage, qu'elles avaient arrêté leur travail pour aller au secours d'éventuels rescapés.

Elles s'approchèrent doucement et virent Antoine recroquevillé au fond de la malle Au bruit du léger choc des deux « bateaux, le garçon gémit et quand il ouvrit les yeux péniblement il vit une adorable créature aux cheveux de jais qui lui souriait.

« Ça y est, je suis mort, je n'ai pas pu sauver ma famille, je les ai abandonné, mon Dieu ! aidez-moi ?

— Monsieur, Monsieur, vous m'entendez ? demanda une voix dans une langue inconnue du jeune homme.

Puis il vit une deuxième tête se pencher sur lui, plus âgée mais ressemblant à la première.

— Il est vivant, je crois qu'il ne peut pas parler, t'as vu ses lèvres sont toutes craquelées !

— Remontons le sur le bateau, on rentre à la maison le soigner avant qu'il ne soit trop tard car il a l'air à bout de force ! »

Les deux femmes le prirent dans leurs bras comme un bébé et c'est l'immense douleur dans les côtes qui fit comprendre à Antoine qu'il était vivant, épuisé mais vivant.

Il aurait voulu exprimer sa joie, sa reconnaissance et sa délivrance à ces deux femmes qui parlaient bizarrement pour lui.

« Qu'importe où je suis arrivé, je vais aller chercher ma famille, si Dieu a voulu que je vive, c'est sans doute pour cela. »

Antoine fut pris de convulsions très violentes et soudain il s'évanouit.

« Vite, Maman, il va mourir, j'ai peur, il faut le réchauffer et lui donner à boire très vite !

— On arrive, ne t'inquiète pas, on va tout faire pour qu'il s'en sorte »

Ces braves femmes le sortirent de leur chaloupe et rentrèrent au plus vite.

Porté par la mère et la fille jusqu'à leur petite maison, il était toujours sans réaction.

Antoine fut déshabillé et couvert d'une bonne couverture de laine, elles versèrent avec une infinie douceur quelques gouttes d'un breuvage miellé et fort entre ses lèvres craquelées. Sous l'effet de la potion, le jeune homme repris quelques couleurs.

La plaie du front était profonde et Mari Jan lui enveloppa la tête de bandages bien serrés. Elle vit aussi d'énormes hématomes sur son corps et prit beaucoup de précautions pour qu'il souffre le moins possible. Victorine avait fabriqué une attelle pour sa jambe droite qu'elle avait redressée d'un coup comme elle savait faire.

Le pauvre garçon avait à peine réagi juste un « han ! » quand son membre avait craqué.

La jeune fille l'observait avec une intense attention, ils avaient le même âge sans doute.

« Qui est-il ? D'où vient-il ? où est sa famille ? » Se demandait-elle.

Elles avaient mis de côté ses vêtements trempés et une médaille épinglée à son gilet le représentait avec trois autres personnes.

La jeune fille avait hâte que ce beau jeune homme se réveille pour lui poser les questions qui l'intriguaient mais celui-ci était trop fatigué pour pouvoir parler même si par moments, il essayait sans succès.

« Ce n'est pas grave, attendons qu'il aille mieux, il est bien chez nous et nous sommes très heureuses de lui avoir porté secours » se persuadait-elle.

Mari Jan aurait bien voulu le garder près d'elle longtemps, car elle sentait pour la première de sa jeune vie, qu'il se passait quelque chose de son cœur quand elle le regardait et qu'elle lui tenait la main des heures entières.

Chapitre 31
La découverte de Lili

Pendant que Sterenn faisait sécher le poisson sur la façade sud de sa petite maison, Yves cachait les meules de foin en les retenant par un filet végétal, amarré au sol par de gros galets comme sa maman ouessantine faisait là-bas sur son île natale.

Le jeune homme savait qu'ils pouvaient rester quelques fois plusieurs semaines sans pouvoir se ravitailler à Ouessant ou Molène. Aussi chacun avait son rôle dans l'organisation de leur vie. La jeune fille s'occupait des porcelets qui accouraient vers elle dès qu'ils l'apercevaient comme des chiots quémandant des caresses. Bien qu'elle fût triste à l'idée qu'ils seraient tués, elle savait aussi qu'une partie de cette viande les nourrirait tout l'hiver, l'autre serait vendue à Molène où Yves avait de bons clients.

Lors des naufrages très fréquents autour de l'île, Yves se précipitait comme son père et sa mère le faisaient, pour récupérer ce que la mer avait rejeté. La jeune fille qui l'accompagnait souvent, pensait à ces pauvres marins perdus dans l'immensité des flots. Pourtant, cette chasse au trésor s'accompagnait de découvertes de produits qu'ils ne connaissaient pas mais qui agrémenteraient leur quotidien : des agrumes, du savon d'Alicante, des draps de Rouen, du cacao des Antilles, ainsi que de nombreux morceaux de bois vite ramassés pour.

La cheminée ou pour fabriquer des meubles.

Yves trouvait de temps en temps des cadavres et interdisait à Sterenn de s'approcher, il les enterrait avec une prière dans le respect dû aux morts, loin de la maison mais t'était rare car les corps étaient souvent déchiquetés par les rochers à fleur d'eau.

Le 16 juin, une brume épaisse envahit l'île et ses alentours. Les deux jeunes gens avaient réuni rapidement les moutons et les poules dans l'enclos pour qu'ils ne se perdent pas. Il faisait très doux et dans la soirée, ils regardaient vers la mer essayant de distinguer les contours de leur île, assis sur le banc l'un contre l'autre comme ils avaient pris l'habitude. En début de nuit, ils virent au loin de nombreuses lumières sans doute un paquebot en direction de Londres comme il en passait très régulièrement mais celui-ci paraissait trop près d'eux.

Yves savait que les commandants de ces grands navires étaient très expérimentés et que la brume pouvait tromper même les plus aguerris.

Ils partirent se coucher sans se soucier. Dans la matinée, la brume persistait. Yves avait hâte de la voir se lever parce qu'il devait acheter du pain à Ouessant.

En allant préparer son bateau, il vit de nombreux objets flottés près de la grève, Sterenn, qui l'accompagnait, l'aida à les déposer sur l'herbe ;

Soudain, ils perçurent des petits cris comme ceux d'un chaton, puis des pleurs d'enfant non loin d'eux. Un étrange panier semblait posé délicatement sur les galets. Quand ils s'approchèrent et soulevèrent le couvercle, ils virent une adorable tête blonde. L'enfant tenait un doudou et était vêtue d'une chemise de nuit avec de la dentelle aux manches

L'enfant était frigorifiée, ses lèvres violacées et sa pâleur leur firent presque peur.

Sterenn enleva son châle et sortit la petite de son radeau, toute tremblante. Elle l'entoura de ses bras pour la réchauffer avec cet instinct maternel inné.

« Comment cet enfant avait-elle survécu dans son panier ? D'où venait-elle ? »

Les réponses viendraient plus tard. La jeune fille porta l'enfant dans ses bras jusqu'à la maison sans qu'Yves puisse lui venir en aide. Elles étaient serrées, accrochées toutes deux comme des berniques sur un rocher. Elle la déshabilla, l'entoura d'une couverture chauffée près du feu.

« J'ai faim et foif » avec un joli accent anglais.

Les deux jeunes ne purent s'empêcher de sourire et lui préparèrent.

Des biscuits trempés dans du lait chaud avec du miel. La gamine avala le tout avec gourmandise.

Sterenn venait d'avoir un coup de cœur pour cette enfant qui était arrivée comme Moïse dans un panier. C'était pour elle, un don du ciel, cet enfant devint la mission de sa vie : elle la regardait avec cet amour que seules les femmes éprouvent à la naissance de leur enfant. Elle la humait, lui caressait les cheveux.

Yves repartit sur la grève voir s'il pouvait trouver des rescapés, il revint quelques heures plus tard avec une grosse malle et ils découvrirent de nombreux vêtements d'enfants que Sterenn prit du plaisir à enfiler à sa jeune protégée.

« Je m'appelle Sterenn et lui c'est Yves.

— Moi c'est Lili « répandit la petite.

Soudain la petite se mit à pleurer en racontant avec ses mots d'enfant ce qui s'était passé.

« Le gros bateau, il a fait plouf et mes papamaman et Toine dans la mer, ils sont montés dans le ciel et sont tombés, tout le monde dans la mer, tout le monde dans la mer, Toine a dit « pas bouger »

Ils comprirent alors que les lumières du paquebot qu'ils avaient aperçues, étaient celles du « gros bateau » qui avait coulé cette nuit.

Yves décida de partir aux nouvelles mais Sterenn lui interdit de parler de la petite aux autorités.

« Tu comprends, s'ils sont tous morts, elle n'a plus personne et je veux qu'elle reste » déclara la jeune fille tout bas alors que la gamine s'était endormi près d'elle.

Voyant la détermination de sa compagne, il ne dit rien mais partit inquiet de voir dans les yeux de Sterenn un changement bizarre.

Il espérait que l'enfant ait perdue ses parents pour qu'elle reste avec eux mais elle avait sûrement de la famille dans un autre pays et se serai malhonnête de la priver de sa vie future.

Yves avait beaucoup menti à Sterenn alors il se dit qu'il arrangerait les nouvelles à sa façon pour le bonheur de sa bien-aimée comme il avait fait pour la mort du patron pêcheur.

Les souvenirs de la petite s'estomperaient avec le temps et ils formeraient une famille à trois. Il avait bien compris que Sterenn ne pouvait pas avoir d'enfant et ce petit ange miraculeusement arrivé sur leur île n'avait rien d'anodin.

« Est-ce que quelque part, il leur était donné de vivre cette relation si particulière avec un enfant, de le voir grandir et s'épanouir loin des malheurs de la vie ? »

Une légère brise leva et lui caressa les cheveux, peut être un signe de sa mère protectrice.

Pourtant avec honte, il se sentait jaloux de ce qu'il venait de voir. Sterenn s'occupait que de son bien être depuis des mois et cela lui convenait tel un petit garçon égoïste. Si Lili restait, est ce que la jeune fille serait toujours attentive, devra-t-il partager tous ces moments de bonheur avec la petite ?

Chassant ces mauvaises pensées, il partit seul vers Ouessant.

Chapitre 32
Lili Lonsdale

En voyant la tête d'Yves, Sterenn sut qu'un grand malheur était arrivé tout près d'eux.

« Il n'y a pas de survivants à part trois rescapés de l'équipage tous les passagers sont morts »

« Je n'ai plus de papa maman, plus de grand frère » s'écria la gamine venue près d'eux, les larmes aux yeux.

— Nous sommes désolés pour toi et pour tous les autres passagers.

— Je vais où alors ? demanda l'enfant paniquée.

— Tu peux rester avec nous si tu veux et on verra si tu as de la famille en Angleterre »

— Connais-tu ton nom ?

— Voui, je m'appelle Lili Lonsdale, mon papa c'est John, ma maman C'est Margot et mon grand frère Antoine ! On a pris le grand bateau très loin »

Malgré son chagrin qu'elle ne pouvait exprimer pour le moment et avec son caractère spontané, elle leur dit :

« Moi, je veux rester avec vous et les animaux » répondit-elle en se blottissant dans la jupe de Sterenn.

Sterenn et Yves se regardèrent, ravis mais inquiets de la réaction de la petite qui était déjà repartie voir les cochons et les poules.

Elle revint les mains chargées d'œufs. Les yeux tout rouges, Lili avait sans doute, raconté à « ses » animaux, la tristesse qu'elle ressentait dans son cœur d'enfant.

La gamine s'installa chez eux comme la fille de la maison, aida la jeune femme avec un naturel déconcertant.

Au fil des semaines qui suivirent, les deux jeunes gens se rendirent compte que Lili n'avait pas dû voir les évènements du naufrage bien cachée dans son drôle de panier. Celui-ci lui a sauvé la vie et c'est sans doute pour cela qu'Antoine lui avait dit de ne pas bouger.

Quelques temps plus tard alors qu'Yves se trouvait sur Molène, il apprit qu'un homme nommé Lonsdale était mort en arrivant au port, ce qui confirma l'absence de rescapés chez les passagers.

Pourtant il se garda bien de prévenir les autorités de la présence de Lili, partagé entre la loi et son profond désir de rendre sa compagne heureuse.

La petite voix de sa mauvaise foi lui disait que Lili sera bien avec eux entourée d'amour alors qu'en Angleterre où elle ne connaissait personne.

Sterenn se laissa convaincre aussi de garder la petite. Elle était heureuse de sa présence joyeuse qui bousculait leur vie tranquille.

« Si le destin l'a mise entre nos bras, c'est que je dois prendre soin d'elle comme mon propre enfant » se rassurait-elle.

Chapitre 33
Questions sur Lili

Yves avait fabriqué très vite un petit lit fait de planches multicolores ramassées sur le sable en attendant que le berceau de la petite sèche au soleil.

Tout en préparant le repas, elle se demandait par quelle coïncidence ce bout de chou avait pu être sauvé et se retrouver en ce moment près d'elle alors qu'elles n'auraient jamais dû se rencontrer.

« Comme la vie est étrange, est-ce que je dois croire que quelque part, on me dit de prendre soin de ce bébé »

Cette apparition si soudaine bouleversait la vie de chacun et les questions étaient les mêmes pour les deux amoureux.

« Ai-je le droit de la garder ? Non, si elle a encore de la famille vivante ! »

Mais dans son for intérieur et parce qu'elle voulait s'en persuader, elle pensait qu'ils avaient tous péri dans ce terrible naufrage. Seule au monde comme tous les deux sur leur île alors non, Lili ne partira pas, elle restera avec nous pour former notre famille.

Sterenn avait trouvé un très joli pendentif caché sous la chemise de nuit de la petite : un portrait d'une famille composée d'un père roux très grand, d'une mère rayonnante de beauté et de douceur, d'un garçon distingué et menu et de Lili souriante et coquine. A l'arrière du médaillon était inscrit en lettres d'or : Lonsdale, Londres avec une incrustation en arrière-plan d'un château monumental.

La jeune fille le cacha rapidement sous son lit avec quelques souvenirs de sa propre famille. De cette façon, elle avait l'impression donner une nouvelle vie à la petite sans trop se poser la question de la réaction de cet enfant qui avait l'air très évolué et qui ne voudrait peut être pas rester avec eux non plus.

Sterenn attendait avec impatience le retour de son homme pour avoir des nouvelles. S'il y avait eu un naufrage, les autorités auraient déjà envoyé des hommes sur place pour constater les dégâts, prendre des renseignements sur les victimes et les éventuels rescapés.

C'était la première fois que la jeune fille s'inquiétait du monde extérieur, cette enfant la ramenait à cette dure réalité : des gens inconnus, des hommes, des femmes, des enfants innocents avaient perdu la vie sur ce grand bateau alors qu'ils étaient impatients d'arriver à bon port.

Les deux amants étaient devenus au fil du temps des personnes insensibles au malheur des autres, uniquement préoccupés par leurs besoins essentiels et leur bonheur exclusif.

Leur vie allait changer que la petite reste ou reparte, plus rien ne serait comme avant. La gamine par sa seule présence avait troublé cette harmonie, cette carapace formée depuis des mois par Yves.

La gamine se réveilla doucement et regarda un peu surprise de se retrouver dans cette maison inconnue. Elle observa Sterenn quelques instants et dès que la jeune fille se retourna avec un grand sourire, elle demanda :

« J'ai faim et foif, s'il te plaît ? »

— J'ai préparé des pommes de terre et des saucisses, tu en veux ?

— Voui ! » Tandis qu'elle mangeait goulûment son repas, elle examinait Sterenn qui ne savait pas comment se tenir devant cette petite intimidante.

« Tu crois qu'ils sont tous morts ?

Sachant la réponse, elle ne voulait pas faire de la peine à la petite.

— Je ne sais pas Yves est parti aux nouvelles, peut-être qu'ils ont été retrouvés, dis-moi comment se fait-il que tu parles si bien le français.

— C'est ma maman qui est française !

Ce qu'elle venait de vivre était terrible pour une si jeune gamine et Sterenn se précipita pour la consoler, l'entourant de ses bras avec toute la douceur de son cœur triste.

Tout en la berçant, elle se demandait de plus en plus anxieuse, ce qu'il allait se passer. Allaient-ils déclarer sa présence aux autorités qui viendraient la chercher et faire une enquête sur une éventuelle famille en Angleterre.

La jeune fille pour faire diversion, proposa à Lili d'aller ramasser les œufs pour le dîner du soir. Aussitôt, la petite quitta les bras de Sterenn et se précipita dehors. Etonnée mais ravie elle la suivit, Lili riait lorsque les cochons sortirent de leur enclos pour l'accueillir puis vinrent les poules et la vache, curieuses de connaître cette petite voix inconnue.

Yves venait de débarquer. Quand il les vit toutes les deux joyeuses et déjà complices, il sut ce qu'il allait faire.

Chapitre 34
Complicité

Sterenn ne cessait de regarder cette jolie petite fille joyeuse et ne pouvait s'empêcher de se rappeler son enfance, quand elle aussi, était une enfant heureuse entourée de ses parents et de son frère.

Quelle vie bouleversée ! Elle se voyait encore figée devant la maison en flammes, avec à ses côtés, son adorable Loïc aussi désemparé qu'elle.

Mais surtout elle se rappelait cette horrible femme apparue sur la place et qui les avait amenés chez elle, là, où commença cette vie de malheur.

Elle avait raconté à Yves cette descente aux enfers et les seuls détails qui lui revenaient en mémoire : c'était cette abominable odeur de poisson partout, dans l'usine, dans le port et sur les vêtements qui puaient malgré des lavages à répétitions.

Sa tante lui avait dit qu'elle s'habituerait mais la jeune fille se s'habitua jamais et vomissait souvent en entrant dans l'usine sous les moqueries des Penn Sardin qui ne ressentaient plus rien depuis longtemps.

Elle dormait sur le qui-vive, la coiffe à portée de main soigneusement posée, s'attendant à être appelée à n'importe quelle heure. Elle avait peur des hurlements de sa tante toujours prête à l'humilier quand la sirène de l'usine avertissait les ouvrières de rejoindre leur travail et que celle-ci déboulait dans le grenier pour la faire se lever avec brutalité.

Dans l'usine chacune était à son poste tant qu'il y avait du poisson à préparer, des heures et des heures debout le plus souvent sans s'arrêter pour un salaire de misère. Des filles très jeunes chargées de servir la table où les femmes emboîtaient le poisson, se faisaient sans cesse rabrouer par les ouvrières.

Sterenn était horrifiée quand elle voyait des gamines à peine plus âgées que Lili, aidées dans l'usine en cachette car le peu qu'elles gagnaient, aidaient à nourrir la famille où travaillaient déjà leur mère et leurs grandes sœurs.

La jeune fille était aussi choquée par les cris, les réprimandes et le manque de solidarité entre elles. La peur du renvoi et de perdre de l'argent les rendaient souvent agressives entre elles.

Alors Sterenn restait tranquille à sa table sous le regard méfiant de ses voisines car elle était la nièce de la commise et se contentait de faire son travail en espérant le quitter le plus vite possible.

Le poste qu'elle occupait était très important car c'est la dextérité de ces ouvrières qui donnaient ce poisson prêt aux étapes suivantes.

La jeune fille apprit très vite à faire tourner autour de son doigt la tête de la sardine de façon à ce que le boyau sorte en même temps et de tirer d'un seul coup. C'était fastidieux et fatigant et quand elle rentrait à la maison, elle n'avait qu'une envie : c'était de se coucher sur sa paillasse pour dormir un peu en attendant d'être rappelée encore et encore ;

« Oh ! -non » se dit-elle, Je ne regrette rien de cette période de ma vie et aujourd'hui je suis heureuse et comblée ».

Elle regardait sa Lili si mignonne qui, assisse près d'elle l'aidait à préparer les pommes de terre et le poisson.

La jeune fille était très étonnée de la capacité de cet enfant à vivre comme eux en si peu de temps. Lili devenait une gamine agile et espiègle, proche des animaux. Elle avait une véritable passion pour attraper des équilles en creusant avec son petit soc un sillon dans le sable. Lili les apportait à Yves triomphalement sous son regard amusé et plein d'amour. Toujours aussi curieuse, elle apprit le nom des nombreux oiseaux qui nichaient sur l'île et comme Yves, sa préférence allait aux macareux dont elle imitait la démarche pour faire rire Sterenn et Yves.

Les deux complices profitaient des belles journées d'été pour se baigner et de faire de parties de cache-cache dans les gros rochers si impressionnants pour la petite.

Comme Sterenn, Yves était sous le charme de la gamine et le trio se fortifiait au fil du temps. Il n'avait plus du tout envie qu'elle parte et était heureux de se sentir un peu papa.

Les jours de mauvais temps, Sterenn donnait des cours de français et de calcul à Lili qui, bon gré mal gré, apprenait en douceur. Mais dès que la leçon était terminée, elle collait son nez à la fenêtre et la jeune fille avait beaucoup de mal à la garder enfermée. Celle-ci argumentait avec beaucoup d'aplomb et de longues minutes que les animaux devaient être surveillés et que c'était à elle de le faire.

Son petit air mutin et enjôleur marchait très souvent et les deux filles se retrouvaient sous la pluie, chahutées par le vent pour vérifier le bien être des poules, des deux cochons et de la vache.

Un jour, Yves arriva d'Ouessant où il avait fait de nombreuses emplettes et surtout du pain avec un sourire énigmatique qui n'échappa pas à la fillette accourue pour l'aider.

A sa grande surprise, elle vit un adorable cheval sortir sa tête du bateau un peu secoué par la traversée.

Lili se mit à crier :

« Mon papa m'avait dit que j'aurai un poney en arrivant là-bas dans son pays » et elle s'effondra en pleurs.

Yves ne savait pas quoi faire et restait les bras ballants très triste. Sterenn arriva et prit la petite dans les bras.

« Tu sais Yves ne savait pas et pensait te faire plaisir »

Lili renifla un bon coup et à travers les larmes jeta un coup d'œil au nouvel arrivant.

Il était tout petit, très robuste et sauta du bateau pour courir partout comme un fou.

Lili se leva et vint vers lui tout doucement, et là sous les yeux ébahis de grands, le petit cheval s'approcha et vint mettre son museau sur le nez de Lili. Elle le prit par le cou et lui fit un câlin et lui parla à l'oreille.

« Je crois qu'une grande amitié vient de naître » dit Yves à Sterenn.

Chapitre 35
La conscience d'Yves

Souvent quand il se retrouvait seul Yves n'était pas serein, il se sentait coupable d'avoir menti à sa compagne encore une fois.

« Sterenn n'avait pas tué Yann, oui, elle en avait eu l'intention justifiée d'ailleurs mais il n'était pas mort juste blessé. Ce qu'il faisait était malhonnête et surtout destructeur pour cette jeune fille sans défense »

« Comment réagirait-elle si un jour elle apprenait qu'il lui avait menti ? » se demandait-il.

« Mais sur ce dernier point, il n'avait rien à craindre, il ferait en sorte qu'elle reste définitivement sur son Île, sans contact avec le continent. De toute façon, il était trop tard pour tout lui avouer, elle était avec lui, il l'aimait déjà comme un fou »

Chaque fois que sa mauvaise conscience lui rappelait ce qu'il avait fait, il chassait ses idées noires en la regardant avec amour.

« Nous sommes deux cœurs brisés, deux âmes sœurs, rien ne pourra nous séparer. »

Pour Lili, il avait mis une fois de plus, sa conscience de côté, la petite était avec eux, ils l'aimaient.

Quand il voyait de son bateau, les deux filles courir et rire ensemble accompagné du petit cheval. Il se disait :

« Ce doit être ça le paradis ! »

De toute façon nous, elle ne manquera jamais de rien, nous ferons tout pour qu'elle soit heureuse et qu'elle reste près de nous pour toujours>>

Cette peur-viscérale de la solitude justifiait à ses yeux, toutes les décisions qu'il avait prises. Personne ne devait savoir. Il se sentait capable du pire pour les garder toutes les deux.

Yves n'était pas un homme méchant, seulement un ancien petit garçon sauvage qui avait construit au fil du temps une cage dorée.

Pour Sterenn, qui ne s'en plaignaient pas bien au contraire et pour Lili, une Famile d'adoption bien loin du malheur qui l'avait frappée.

Chapitre 36
Retour du port

Victorine ne voulait pas se joindre aux badauds qui s'agglutinaient le long de la digue : Des touristes curieux de cet évènement dont ils ne connaissaient pas encore l'ampleur et des journalistes, carnet à la main, qui prenaient des notes, friands d'anecdotes.

Ils n'étaient pas les seuls, présents. Toute l'île semblait s'être réunie pour aider à porter secours aux éventuels naufragés, prendre en charge les corps des victimes et leur donner les derniers soins nécessaires à leur départ pour l'au-delà.

Pourtant la femme savait qu'elle devait prévenir les autorités de la présence d'Antoine chez elles.

Sauvages toutes les deux au bout de l'île, elles vivaient éloignées le plus possible des habitants car elles subissaient la mauvaise réputation du mari et père violent et alcoolique.

Jeannot cherchait la bagarre dès qu'il avait bu et revenait à la maison pour continuer à taper sur sa femme et sa fille. Elles vivaient dans la peur permanente. Quand un jour il disparut pour partir « en chine » comme il le prétendait, elles espéraient qu'il y restât et ne revienne jamais à Molène.

Avant de quitter la maison et en parlant doucement à sa fille, elle dit :

« Je vais au port voir, ce qui se passe, reste avec lui, je ne reste pas longtemps »

A ces mots, le jeune homme regarda Victorine avec intensité et lui montra ses vêtements posés sur une chaise.

La molénaise prit le médaillon. Antoine serra les mains très fort dans celles de la femme, les larmes aux yeux, elle lui fit signe de la tête qu'elle allait s'en occuper. Il voulait qu'elle le prenne pour qu'elle puisse reconnaître peut être des survivants.

Elles regardèrent le médaillon précieux et reconnurent Antoine et sa famille composée des parents et aussi d'une adorable petite fille aux cheveux d'or.

C'était une mission bien difficile qu'il lui demandait et elles avaient le cœur serré à l'idée de ce qu'elles allaient apprendre.

Les lèvres pincées par l'angoisse, en refermant la porte, Victorine se dit qu'elle aurait aimé aussi que pour son père et son frère, des marins retrouvent des traces de leur vie quelque part sur la mer ou sur le rivage mais eux n'avaient pas eu cette chance d'être enterrés sur leur île chérie.

Chapitre 37
Mort de John Lonsdale

Victorine était partie aux nouvelles, serrant contre son cœur le médaillon d'Antoine qui lui avait confié.

Elle était heureuse et fière d'avoir sauvé avec sa fille, ce beau jeune homme. Avant d'arriver au port, elle descendit sur la grève pour faire tro aod car elles étaient très pauvres et tout ce que rejetait la mer pouvait servir à améliorer leur quotidien.

Trop préoccupée par Antoine, elle repartit rapidement : il sera bien temps de retourner plus tard.

Il y avait foule sur les quais et la femme eut du mal à se rapprocher du bord.

« Le télégraphe était en panne, c'est pour ça qu'on n'a pas su » dit un marin près d'elle.

— Su quoi ? demanda Victorine.

— Ben !, le Drummond Castle a coulé tout près d'ici, d'un coup, ya plein de cadavres partout entre Ouessant et nous et d'autres encore plus loin, c'est affreux ! »

En effet, de nombreuses chaloupes revenaient avec des cadavres et il fallut les transporter rapidement pour les identifier car certains étaient, déjà, en très mauvais état, gonflés par l'eau de mer.

« Qu'est-ce que tu fais là, Victorine ? lui demanda son cousin arrivé près d'elle.

— On a ramené un jeune homme ce matin mais il a du mal à parler et est très fatigué, Mari Jan est avec lui, il est couvert de bleus sans doute des côtes cassées et une grosse plaie à la tête, je lui ai remis sa jambe droite »

— Ben faut leur dire parce que pour le moment, il n'y a que trois rescapés. Macquart, un des rescapés, vient de prévenir la compagnie du naufrage et les trois vont partir à Brest.

Victorine hésitait, elle ne voulait pas que sa maison soit envahie de curieux et surtout elle pensait que ce pauvre garçon devait reprendre des forces avant d'être interrogé.

« Ils auront bien le temps de lui parler quand il ira mieux »

Au fur et à mesure que le temps passait, de nombreux cadavres arrivaient aussitôt pris en charge avec douceur et respect par une population stupéfiée par l'ampleur du drame.

Des prières s'entendaient dans les maisons comme une litanie lugubre.

Un canot arriva pressé de déposer un homme en habit de soirée, hissé sur le quai, Victorine reconnut tout de suite le père d'Antoine.

Les deux marins très choqués, expliquèrent :

« On n'a pas pu arriver à temps, pourtant il était vivant quand on l'a tiré dans le bateau, on est vraiment désolé, il n'arrêtait pas de dire :

« Where is my wife and my children ? Oh ! My God ! »

— Comme on n'arrêtait pas de lui dire « Monsieur, Monsieur comment vous appelez-vous, il a compris qu'il était en France. Il s'est mis à pleurer et disant que c'était de sa faute qu'ils n'auraient jamais dû revenir en Angleterre, il était si désespéré ! On lui a demandé son nom, il a dit Lonsdale, John Lonsdale !

« Puis il a eu un râle et est mort dans nos bras, épuisé, pauvre homme ! il s'était agrippé à un grand sac de voyage, il y a plein de papiers dedans ! »

— Merci les gars, nous allons nous en occuper et mettre de côté tous les documents qui vont sûrement nous en dire plus sur sa famille » dit l'abbé le Jeune, qui avait pris en main les choses avec compassion et sérieux.

Les deux marins, malgré leur grande tristesse, repartirent aussitôt avec l'espoir de revenir cette fois-ci avec des vivants, mais il y avait peu d'espoir.

Tous les îliens semblaient ne pas pouvoir quitter le port et restaient sur le quai attendant avec tristesse que les canots débarquent leurs lots de morts.

Bientôt il n'eut plus de bois pour faire les cercueils et la gentille Séraphique Cuillandre du café donna ses draps pour préparer à enterrer ces pauvres gens dignement.

Les gens étaient consternés par le nombre de femmes et d'enfants morts, leur vie brisée aux Pierres Vertes.

Dans la grande salle s'accumulaient des objets divers, des montres, des bijoux, des petits sacs, des vêtements chics mais aussi des effets tout simples.

Pendant ce long voyage, les différentes classes sociales avaient partagé le paquebot. Chacune restant à son niveau réglementé, maintenant chaque personne avait droit au respect, tous étaient égaux devant la mort qui les frappait si injustement.

Chapitre 37
Le drame

Victorine ne dit rien et avança vers un autre groupe. Avec une infinie douceur, des corps furent hissés sur le quai et apportés au café de Séraphine où on leur attribua un numéro en attente de connaître leurs noms.

Apprenant qu'à l'étage, un enfant reposait, elle se précipita pour le voir. Elle sortit le médaillon qu'elle avait caché dans sa poche, elle regarda intensément ce petit bout de chou vêtu de beaux habits et entouré des fleurs.

« Non, ce n'est la petite de la photo, elle est très brune, l'autre est blonde presque rousse » se dit-elle. Elle pria quelques instants quand elle sentit une présence près d'elle.

« Qu'est-ce que tu fais là, ma cousine ?

— Mari Jan et moi, on a retrouvé un jeune homme ce matin, il est très mal et ne peut pas parler !

— Ben faut aller le dire que tu as un rescapé, d'après ce que j'ai entendu dire, il n'y a que trois survivants, tu te rends compte c'est une vraie tragédie ! »

Victorine hésitait à donner des détails car elle ne voulait pas que des gens curieux viennent chez elle déranger le pauvre garçon qui avait besoin de calme pour se rétablir.

« Ils auront bien le temps de lui poser des questions, le moment venu » se répétait-elle.

Au fur et à mesure que le temps passait, d'autres cadavres arrivaient, aussitôt pris en charge par les iliens dévoués.

A terre, il n'y eut pas assez de bois pour faire des cercueils qui furent réservés aux femmes et aux enfants. La brave Séraphine donna tous ses draps, pour recouvrir le corps des hommes, qui furent cousus par les marins et enterrés rapidement car il faisait très chaud.

Le cimetière fut réservé aux enfants et aux femmes, les hommes furent enterrés un peu plus loin.

Là-bas, en Angleterre, Marquart, un des rescapés, avait prévenu du naufrage et tout le monde imaginait l'angoisse des familles et des amis qui les attendaient à Londres.

Vu l'ampleur de la catastrophe, des émissaires de la société Castle Line et quelques familles se préparèrent à débarquer à Ouessant et Molène.

La vie des îliens s'était comme figée par le drame, chaque personne se sentait touchée par ces pauvres gens qui n'auraient pas la « chance » d'être retrouvés et qui gisaient pour l'éternité au fond de l'eau comme beaucoup de marins sur les deux îles qui disparaissaient chaque année dans les tempêtes. Mais cette nuit-là, la mer était calme et seul le brouillard avait enveloppé ce magnifique paquebot pour le faire disparaître.

Un autre canot arriva transportant trois femmes en noir accrochées les unes aux autres comme unies dans la mort par un châle de soie. Leurs cheveux emmêlés, leurs peaux livides et leurs yeux grands ouverts impressionnèrent les sauveteurs par leur étrangeté.

Victorine, très bouleversé, sans un mot repartit chez elle où elle trouva Mari Jan à la même place, près d'Antoine, que lorsqu'elle était partie.

« Est ce qu'il a parlé ? » demanda la mère.

— Oui un peu, j'ai parlé en français et il a serré ma main très fort !

Malgré ses lèvres encore très douloureuses, il leur demanda :

« Où suis-je ?

— Vous êtes à Molène, en France.

— Comment vous appelez-vous ?

« Antoine Lonsdale » répondit le garçon.

Victorine ouvrit la bouche mais se tut, elle regarda intensément sa fille et lui signe de sortir de la maison.

« Qu'est-ce qu'il y a ? » demanda Mari Jan soudain inquiète.

— Le Drummond Castle a coulé près d'ici, un homme a été secouru mais il était trop tard et il est mort dans le canot avant d'arriver au port, il a eu le temps de dire son nom : il s'appelait John Lonsdale, c'est le père sur le médaillon.

Mari Jan se cacha le visage avec les mains très peinée.

— Et la mère et la petite fille ?

La femme souleva les épaules de désolation.

— Rien pour le moment, il trouve des cadavres un peu partout sans compter ceux qui restent coincés au fond.

— Quel malheur ! Je dois prévenir que j'ai un rescapé chez nous » dit la mère.

Quand elles revinrent dans la maison, Antoine était très agité et voulait sortir de son lit.

« Non, vous êtes trop faible, reposez-vous ? » dit la jeune fille.

Après l'avoir rallongé, elles restèrent près du lit leurs mains croisées.

Comment annoncer à ce gamin que son père est mort ? Pourtant elles avaient eu souvent cette phrase à dire ou à entendre autour d'elle.

Sentant qu'il se passait quelque chose, Antoine les interrogea du regard.

« Votre Papa est mort, ils viennent de le ramener au port, il a lutté pour vivre mais il était trop épuisé, nous sommes désolées »

A ces mots, Antoine ouvrit la bouche de terreur et fit craquer ses lèvres qui se mirent à saigner de nouveau.

« Ma mère est morte à côté de moi, Oh ! Mon Dieu et ma sœur ?

— Nous ne savons rien pour le moment et je ne l'ai pas vu mais il y a tellement de morts. » murmura la mère.

Antoine tourna le dos aux deux femmes et pleura mêlant ses larmes au sang de sa bouche sur son oreiller.

Mari Jan resta près de lui, ne sachant pas comment faire pour le consoler, elle comprenait si bien le chagrin et l'absence.

Victorine repartit vers le port, bien décidée à ce qu'on ne vienne pas importuner ce pauvre jeune homme qui avait perdu ses parents.

Chapitre 38
Antoine raconte

Tout son univers de jeune riche et plein d'espoir se transformait maintenant en un chagrin immense bien trop grand pour un si jeune homme.

Il regarda Mari Jan et raconta avec difficulté :

« Ma mère est morte d'épuisement près de moi dans la nuit à cause de sa robe très lourde qui l'a fait couler par son poids, je n'ai rien pu faire et c'était horrible de la voir s'enfoncer dans la mer. J'ai perdu une maman magnifique et chaleureuse même si elle n'était pas ma vraie mère, elle m'aimait comme son fils, je l'aimais vraiment et mon père aussi. »

Soudain il se mit à hurler comme une bête blessée.

« Ma sœur, où est-elle ? Il faut la retrouver, je suis sûr qu'elle est vivante, non, non, je sens qu'elle vit, Lili est trop maline, elle était bien enfermée dans son coracle, elle a dû flotter, ce n'est pas possible autrement, je ne vais pas être seul, je suis persuadé qu'elle est vivante, il faut la retrouver ! » répétait-il sans arrêt.

Victorine qui ne voulait pas lui faire de peine, lui raconta qu'elle avait vu une enfant morte mais que ce n'était pas sa sœur.

Mais comment lui dire qu'au fil des jours, des cadavres seront repêchés un peu partout et qu'il faudrait du temps pour qu'ils soient tous enterrés ou remis aux familles sans compter ceux que la mer avaient engloutis et ceux restés dans le paquebot.

Victorine repartit vers le port, la tête pleine de questions. Elle alla voir le curé pour lui informer de la présence d'Antoine chez elles tout en précisant qu'il ne pouvait pas bouger de son lit trop faible et blessé, bien décidée à ce que personne ne vienne importuner le jeune homme qui venait d'apprendre la mort de son père.

Elle donna son nom et précisa qu'il était le fils de l'homme secouru il y avait quelques heures, que sa femme était morte mais qu'il restait une petite fille du nom d'Elisabeth dite Lili peut être encore en vie.

Les discussions allaient bon train sur le quai, la femme s'approcha et entendit deux marins discuter.

« Ben, c'est le commandant qui s'est gouré de route, rappelle-toi, il y avait beaucoup de brouillard et on ne voyait rien !

— Ah ouais t'as raison, on avait fait une promenade avec Françoise parce qu'il faisait très chaud mais on est rentré vite car on ne distinguait plus le chemin et ça devenait dangereux. Quand même on ne confie pas un paquebot pareil à n'importe qui, ce devait être un homme d'expérience »

L'autre cracha par terre et dit.

« Là, c'est un coup du Paotr ar vrummen, saloperie ! »

Plus loin, elle retrouva son cousin.

« Alors tu leur as dit pour ton gars sauvé des eaux !! dit-il moqueur.

T'es sûr que ce n'est pas encore un de ces touristes qui tombe à la flotte parce qu'il s'approche trop près des falaises ! »

— Non je suis sûre, il s'appelle Antoine Lonsdale et son père est mort aussi, on est sans nouvelles de sa sœur »

La bouche ouverte, l'homme dit.

« Pauvre gosse, il y a peu de chance qu'elle soit vivante parce que depuis ce matin il n'y a que des cadavres »

Victorine repartit et aperçut, au loin, un patrouilleur militaire prévenu par Brest aidé d'un vapeur pour chercher des survivants mais eux non plus ne trouvèrent que des corps flottants sans vie.

Chapitre 39
Mari Jan

Bien qu'anglais, ennemi héréditaire des Français, ces gens-là étaient morts en mer et la coutume était de respecter les corps comme les marins auraient voulu qu'on fasse pour eux.

L'atmosphère était pesante sur Molène et sans doute sur Ouessant, souvent les îliens recueillaient des naufragés lors des tempêtes et malheureusement des corps sans vie, mais durant plusieurs jours, ils furent choqués par la présence de femmes et d'enfants comme surpris dans leur tenue de soirée ou de nuit. Chacun se posait des questions sur leur vie d'avant et sur leurs projets arrivés à Londres.

Le maire et l'abbé prirent les choses en mair : i avec sérieux et efficacité.

Ils attribuèrent un numéro à chaque victime ainsi qu'aux effets personnels retrouvés flottants sur la mer pour les identifier plus tard.

Comment savoir quel enfant était celui de telle ou de telle femme, comment reconstituer leur famille et pour les autres tombés à la mer sans document avec eux. On attendait avec impatience et angoisse la venue des autorités françaises et anglaises prévenues depuis peu du drame.

Antoine avait décrété avec autorité que son père serait enterré à Molène près de ses compatriotes et surtout près de sa femme adorée et qu'il ne partirait que lorsque sa famille serait réunie car pour lui, sa sœur était vivante malgré les hochements de tête se deux femmes persuadées qu'il ne la reverrait jamais.

Cela énervait beaucoup Antoine qui n'arrêtait pas de dire :

« Je le sens, elle est vivante, ce n'est pas possible autrement, j'ai promis de veiller sur elle et je la retrouverai même si cela dure longtemps, c'est la seule chose qui me permet de vivre, Lili est ma seule famille maintenant, mon cœur me dit qu'elle n'est pas très loin et que je vais la retrouver un jour »

Les deux femmes ne voulaient pas le contrarier et continuaient à le soigner : les lèvres du garçon se cicatrisaient mais il avait beaucoup de mal à respirer sans doute que les côtes cassées mettraient du temps avant qu'il puisse se lever et profiter du bon air de la mer.

Victorine et Mari jan nettoyèrent avec minutie leur petite maison dans l'attente des visites des autorités qui auraient beaucoup de questions à poser au jeune homme.

« Au moins lui, il est vivant et son père reposera près de lui, les documents auxquels monsieur Lonsdale s'était agrippé, devraient fournir des renseignements sur sa famille en Angleterre » se dit Mari Jan, mais elle était très contente qu'il avait décidé de rester à Molène et c'est avec espoir qu'elle le soignait avec amour.

Ces deux êtres jeunes qui n'auraient pas dû se rencontrer, tissaient des liens très forts et ils ne se quittaient plus.

Egoïstement, elle espérait que Lili ne soit pas trouvée morte pour qu'Antoine reste et la cherche longtemps bien qu'elle sache au fond d'elle-même qu'il y avait peu d'espoir de la retrouver vivante.

Chapitre 40
La guérisseuse

Si Mari Jan était amoureuse de ce jeune homme, Antoine ne se rendait pas compte des sentiments de la jeune fille, l'esprit occupé par la recherche de sa sœur. Il n'avait de cesse de questionner les pêcheurs dès qu'ils rentraient au port et passait ses journées à attendre des nouvelles.

Il ne savait pas où il en était, partagé entre l'envie de rejoindre l'Angleterre et vivre au château de sa famille ou rester malgré tout à Molène avec un petit espoir de revoir Lili.

Chaque jour il passait d'un état dépressif à un espoir excessif car les nouvelles n'étaient pas bonnes. Depuis des semaines, maintenant, ce n'était que des cadavres qui étaient rapportés mais toujours pas de Lili.

Mari Jan était très triste de le voir dans cet état et décida de l'accompagner voir la prêtresse de l'île, pour deux raisons : Elle voulait qu'elle lui soigne ses maux de tête et peut être lui expliquer ce qu'était devenue sa petite sœur.

Dans sa petite masure, la femme vivait seule et sauvage. Elle ne parlait que breton et aimait beaucoup les liqueurs aussi les deux jeunes gens lui apportèrent du bon porto récupéré depuis le naufrage.

Elle impressionnait beaucoup Antoine et lui rappelait la femme du cap avec ses yeux noirs et brillants.

La rebouteuse le fit asseoir dans un grand fauteuil-près de la cheminée. Il y avait un vrai bric-à-brac dans la pièce sans doute des dons de personnes en mal de réponse.

Elle posa ses mains sur le crâne d'Antoine et ferma les yeux. Le jeune homme sentit comme une grande chaleur lui envahir toute la tête.

Une douce tiédeur se répandit ensuite, tout le long de son corps dans un bien être qu'il n'avait pas connu depuis longtemps. Plus de douleur, c'était extraordinaire.

Soudain elle ouvrit les yeux et demanda à Mari Jan de lui raconter la vraie raison de sa visite.

Alors elle dit pendant que la jeune fille traduisait.

« Son père pleure, il s'en veut de les avoir embarqués pour l'Angleterre, pourtant le jeune homme avait été prévenu… » dit-elle en le regardant droit dans les yeux ?

Antoine se mordit les lèvres comme honteux.

Elle se concentra après avoir bu quelques verres de son breuvage préféré.

« Je vois une petite fille blonde très jolie, elle rit et est entourée d'animaux. Deux personnes s'occupent d'elle avec amour »

A ces mots, le jeune homme sauta du fauteuil fou de joie.

« Tu vois, elle est vivante, merci, merci, je le savais, il faut que je la retrouve, c'est la plus belle nouvelle de ma vie »

Antoine se sentait plein d'énergie soudaine et prit dans ses bras Mari Jan toute bouleversée.

« Demande-lui où est-elle ? »

Mais la guérisseuse s'était endormi la bouteille à la main. Peu importait pour le jeune homme.·

Plus tard, Antoine parla à sa maman chérie.

« Lili est quelque part, près d'ici, Oh ! Margot, je vais retrouver ta fille et ma sœur chérie, je suis si heureux »

« Tu vois que j'ai bien fait de garder espoir, je veux la serrer dans mes bras et on se quittera plus jamais »

Pourtant il n'avait aucune piste pour la chercher et malgré les questions qu'il posait aux pêcheurs, personne ne connaissait une petite fille d'après la description d'Antoine.

Ses nouveaux amis, le voyant tout déboussolé, lui expliquèrent que si sa sœur avait été sauvée par des personnes de la région, elles auraient prévenu les autorités depuis longtemps.

Mais Antoine était sûr de lui, il partait avec eux faire le tour des îles débarquait à Brest, puis au Conquet, interrogeait sans cesse malgré sa peur de la mer.

Mari Jan regrettai presque de l'avoir amené voir la guérisseuse car elle avait peur qu'il devienne fou. Elle avait appris qu'il y était retourné sans elle avec l'aide d'un gamin qu'il aimait bien pour la traduction et la femme lui répéta mot pour mot ce qu'elle lui avait dit la première fois.

Contrariée, la jeune fille n'osait pas le contredire et elle le laissait partir des heures entières vers la digue où elle le retrouvait souvent entouré d'enfants curieux de ce grand jeune homme roux si gentil.

Antoine avait un don avec les petits, il leur apprenait des mots en anglais et s'amusait de les voir répéter avec l'accent breton.

Pendant ces quelques moments de joie, le jeune homme occupait son esprit et oubliait pendant quelques heures sa recherche.

Il se plaisait bien sur cette île où les gens s'étaient montrés si compatissants et il était très connu maintenant. Bien sûr des jeunes filles lui tournaient autour sans qu'il ne se rende compte de son charme. Elles savaient aussi qu'il était riche et avait bien remarqué le changement de vie de Victorine et de Mari Jan.

Les deux femmes pourtant continuaient leur travail et s'appliquaient à ne pas montrer les largesses du jeune homme. Elles n'hésitaient pas à partager avec leurs voisins leurs œufs et autres denrées mais la jalousie les rendait suspectes et elles sentaient l'animosité de certains.

Aussi, elles décidèrent de parler de tout cela avec le jeune homme qui, d'abord surpris, se décida à acheter une petite maison, l'ancienne maison de la grand-mère de Mari Jan pour couper court aux insinuations.

Quand il partit après avoir fait quelques travaux dans la maisonnette, aidé toujours par un groupe de gamins enthousiastes, les deux femmes ne purent contenir leurs larmes et il leur fit promettre de continuer à s'occuper de lui pour le ménage et les repas. Antoine n'avait jamais vécu tout seul et savait qu'il n'avait aucune notion pour tenir d'une maison.

Elles acceptèrent et malgré leur chagrin, elles reprirent leur vie tranquille tout en gardant un œil bienveillant sur « leur » Antoine.

Mari Jan avait aussi compris que ses sentiments n'étaient pas partagés par le jeune homme mais gardait espoir qu'ils resteraient peut être vivre à Molène avec Lili.

Un jour, on frappa à sa porte. Quand Antoine ouvrit et fut surpris de voir le Maire Masson.

« Puis-je entrer ? demanda-t-il.

— Bien sûr ! » répondit-il intrigué, un peu inquiet.

— Vous venez au sujet de ma sœur.

— Non, désolé toujours rien, je viens vous demander si vous pourriez donner des cours d'anglais aux jeunes de l'île, cela les aiderait quand ils partent en « chine » comme on dit ici. »

Déçu mais ravi de la proposition le jeune homme accepta et la mise en route de cette école originale fut promptement ouverte. Les enfants portèrent une grande table donnée par le menuisier et des bancs.

Antoine se retrouva bientôt avec une quinzaine de gamins turbulents et curieux.

Margot lui avait toujours dit qu'il fallait partager ses connaissances quand on a eu la chance de pouvoir s'instruire comme lui.

Aussi c'est en pensant à elle qui prit son travail avec sérieux et application.

Ce n'était pas de tout repos car les enfants étaient d'âge différent et certains avaient beaucoup de mal à se concentrer. Il décida donc de faire des groupes et les plus grands firent très vite des progrès car ils savaient que ce serait pour eux un atout supplémentaire pour entrer dans la navale.

Au début les parents n'étaient pas très contents qu'un anglais leur fasse l'école mais comme c'était gratuit et que le Maire leur fit la leçon, ils acceptèrent à la condition que les grands continuent à aider leur mère souvent seule aux travaux des champs ou leur père à la pêche.

Chapitre 41
Le vice consul

L'annonce en Angleterre du naufrage du Drummond Castle bouleversa la population jusqu'à la Reine Victoria.

Loin, au cap, les amis des Lonsdale, locataires de la maison et leurs employés lisaient avec angoisse les récits des journalistes venus en masse couvrir l'évènement. La cuisinière et son mari se cachaient pour pleurer. Noémie ne cessait de parler de sa chère Lili et regardait les larmes aux yeux le gâteau préféré de la petite cuire dans le four. Elle n'était plus là pour lécher le plat de préparation.

A Molène, la vie paisible des îliens, soudée par une grande piété et une solidarité vitale, était bousculée par des « explorateurs » du continent surpris par leur loyauté, alors que d'autres critiquaient sans vergogne leurs coutumes mystiques et arriérées.

Peu leur importait l'opinion de ces voyageurs occasionnels, tous faisaient leur devoir.

Quand le Vice Consul et plusieurs personnalités anglaises débarquèrent sur la digue, de nouveaux cadavres arrivaient aussi sous leurs regards sidérés. Ils purent constatés eux-mêmes les soins apportés à ces pauvres gens.

Monsieur le Maire Masson et le curé Le Jeunes' empressèrent de leur rendre compte de la situation et ce qu'ils avaient mis en place pour la reconnaissance des corps ;

Très satisfaits et admiratifs, ils demandèrent à rencontrer le jeune Lonsdale dont le père était le principal actionnaire de la Castle Line.

Dans la petite maison de Victorine, c'était l'angoisse mêlée de fierté quand le Maire frappa à la porte.

Toutes les deux avaient revêtu leur costume traditionnel et coiffé leurs longs cheveux noirs en des jolies tresses qui encadraient leur visage de chaque côté. Leur bonnet très blanc d'où descendaient deux bardes se rejoignaient par un nœud sur leur poitrine et leur donnaient un air de prestance remarquable.

Pour cette grande occasion, elles portaient un châle brodé long et bordé de franges.

Le Vice Consul, impressionné par ces deux femmes grandes et solides s'approcha du lit d'Antoine.

Ils parlèrent anglais mais devant le visage fermé du jeune homme qui s'énervait, les femmes comprirent qu'Antoine restait sur sa position de chercher sa sœur et de ne partir que lorsqu'il aurait tenu sa promesse faite à sa mère.

Quand les deux hommes furent sortis de la maison, Antoine expliqua aux deux femmes :

« Il voulait que je rentre dans ma famille à Londres, ma tante ne peut se déplacer car elle vient de perdre son bébé et elle envoie son fondé de pouvoir pour les formalités. Je n'ai pas changé d'avis, je reste.

Dans la malle découverte près de mon père, il y a de nombreux documents et de l'argent, j'ai donc demandé qu'on me la rapporte ici, ainsi je pourrai vous aider financièrement, ne dîtes rien c'est la moindre des choses »

Le lendemain la malle arriva portée par deux hommes costauds. Ils étaient comme beaucoup d'îliens curieux de voir le jeune rescapé mais celui-ci était bien chaperonné par les deux femmes qui ne les laissèrent pas s'approcher d'Antoine. Ils repartirent déçus de ne pas pouvoir raconter à leur famille et à leurs amis des détails qui les auraient rendu « célèbres »

Chapitre 42
La vie d'Antoine sur l'ile

Les deux femmes malgré l'aide pécuniaire d'Antoine continuaient leur travail.

Pendant de nombreuses années, elles avaient ramassé le goémon, pour un salaire de misère. Quand leur cheval mourut, elles arrêtèrent de mettre leur santé en danger car Mari Jan toussait beaucoup à cause de la fumée suffocante du brasier.

Toutefois H fallait bien trouver des ressources pour vivre. Elles passaient leur temps de libre, assises l'une en face de l'autre à tricoter. Elles vendaient des chaussettes et des pulls en laine de mouton bien chaude et ne s'arrêtaient que pour faire le repas.

Le jeune homme admirait Victorine quand elle filait la laine et cela lui rappelait les récits que lui lisait Margot quand ils se retrouvaient dans la bibliothèque du manoir.

Ell es allaient à la pêche comme elles avaient appris, relevaient leurs casiers de homards qui se vendaient bien. Elles étaient très courageuses. Elles cultivaient leur lopin de terre : blé, orge et surtout des pommes de terre.

Antoine leur permit d'acheter des poules, des poulets et un cochon qu'elles acceptèrent surtout pour offrir au jeune homme des mets différents de ceux qu'elles se contentaient habituellement· ;

Petit à petit, la vie commune s'installa avec naturel, Antoine commençait à sortir respirer ce bon air de la mer. Pendant plusieurs semaines, il n'avait connu que l'intérieur de la maisonnée et fut très surpris de la beauté du lieu et de ce foisonnement de fleurs. Il s'asseyait sur le petit banc adossé à la maison et regardait avec curiosité ces oreilles de moutons qui formaient au ras du sol comme un duvet. Plus loin se dressaient des grandes hampes florales couvertes de fleurs jaunes magnifiques.

Ce qui l'amusait beaucoup c'est la petitesse des animaux, lui qui était si grand. Les moutons noirs, les vaches et les chevaux paissaient en toute liberté. Les maisons étaient basses et les moulins semblaient les seuls points culminants avec le mât du télégraphe morse.

Il y avait toujours du vent et la mer était souvent très mouvementée, Antoine ne s'approchait pas du bord comme si cette extraordinaire masse d'eau aux couleurs changeantes allaient l'engloutir.

Il n'avait jamais vu un spectacle aussi effrayant quand lors des tempêtes, les vagues immenses frappaient les rochers et dispersaient de l'écume comme de la neige très haut dans le ciel gris. Le bruit assourdissant et l'impression que l'île allait disparaître dans les flots le mettaient très mal à l'aise et il repartait vers la maison pour se réfugier.

Le jeune garçon pouvait marcher mais ses côtes le faisaient encore souffrir.

Malgré les soins de Mari Jan, il avait des maux de tête très violents qui l'obligeaient à rester au lit de longues journées.

Antoine était surtout très gêné de crier la nuit quand il faisait des cauchemars et qu'il réveillait les deux femmes. Ses nuits étaient hantées par le souvenir de sa mère s'enfonçant dans les flots.

Quelques fois il voyait sa sœur lui tendre la main pour qu'il la sauve et qu'il n'y parvenait pas. Alors les bras tendus vers elle, il hurlait de chagrin en l'appelant. Mari Jan se levait et avec douceur le calmait en lui promettant de tout faire pour retrouver sa Lili. Il retombait alors sur son oreiller en sueur et épuisé et se rendormait sous le regard tendre et bienveillant de la jeune fille.

Chapitre 43
La déclaration d'Antoine

La maison d'Antoine était remplie de voix d'enfants et souvent à la fin d'une leçon, ses élèves entonnaient une chanson en breton pour le remercier.

Dans ces moments magiques, le jeune homme avait les larmes aux yeux tant leur mélodie douce et profonde lui allait droit eu cœur.

Mari Jan venait apporter aux petits des gâteaux ou des crêpes et les plus jeunes avaient pris l'habitude de rester sur ses genoux.

Il fallait les gronder pour qu'ils partent tant ils se trouvaient bien avec les deux jeunes gens.

Antoine ne perdait pas l'espoir mais son nouveau « travail » lui occupait suffisamment l'esprit pour qu'il ne se rende pas compte du temps qui passait.

Son regard sur Mari Jan avait changé, sa gentillesse, son écoute et son empathie envers les enfants le touchaient plus qu'il ne pensait.

Elle était une présence discrète et attentive. Elle lui tenait sa maison sans s'imposer mais avec soin, sans jamais se lasser malgré l'état de la grande pièce quand les enfants partaient et laissaient des miettes partout et de la boue sur le sol.

Un jour alors qu'ils étaient partis se promener sur la plage à la fin de l'été, il se permit de lui prendre la main.

La jeune fille était aux anges et laissa sa main dans celle de son « prince charmant » Elle avait rêvé de ce moment depuis longtemps. Comme Antoine était un garçon droit et sincère, il lui dit :

« Je t'observe depuis des mois et c'est grâce à toi et à ta maman que j'ai repris confiance en l'avenir. Au début, j'avais une grande reconnaissance mais je sens que mes sentiments ont changé envers toi. Tu es une merveilleuse personne et je ne veux pas te faire souffrir.

Je ne sais pas ce qui va se passer dans les mois qui viennent mais sans doute que ma sœur est entre de bonnes mains d'après la guérisseuse et je ne dois pas m'inquiéter, je la retrouverai.

Je crois que je t'aime et je voudrais que tu viennes vivre avec moi, Je sais que chez vous, il y a des coutumes strictes que j'assumerai sans problème. Si un jour ma sœur revient, nous serons obligés de nous mettre d'accord pour savoir si nous repartirons en Angleterre que nous connaissons pas du tout ou nous resterons ici.

Serais tu d'accord de partir de ton île pour l'Angleterre ? »

Mari Jan toute chamboulée, n'avait pas dit un mot, tout ce qu'elle avait rêvé venait d'être prononcé. Elle lui répondit sans une hésitation :

« Je t'aime depuis ton arrivée chez nous et j'irai au bout du monde avec toi et ta sœur »

Elle lui lâcha la main, l'embrassa sur les lèvres et partit en courant vers la maison de sa mère.

« Je vais dire à Maman !

— Fais attention de ne pas te casser une jambe avant d'arriver>> lui dit-il en la voyant sauter comme un cabri.

Mais elle était déjà loin et Antoine pensif, regarda la mer. Un rayon de soleil perça le ciel couvert comme un signe de joie. Il était content de sa décision et pensait à Margot qui, elle aussi, avait par amour suivi son mari.

Il se rendit au cimetière où son père reposait pour lui faire part de sa décision. La tombe était fleurie avec soin par les deux femmes qui n'oubliaient pas non plus la partie des femmes et des enfants qu'elles fleurissaient avec les roses de leur jardin.

« Papa, je sais que tu es triste de ce qui est arrivé ! Mais tu n'y es pour rien et nous avions pris notre décision ensemble. Je sais que Lili est quelque part heureuse et je vais la retrouver, ce n'est qu'une question de temps.

Deux femmes m'ont sauvé la vie et m'ont soigné avec un dévouement incroyable.

Mari Jan la plus jeune est un amour de jeune fille et je l'aime. Comme toi avec Margot, nous n'aurions jamais dû nous rencontrer mais c'est comme cela, le destin sans doute.

Lorsque nous serons tous réunis, je l'épouserai et nous déciderons ensemble notre vie future ici ou là-bas.

Je sais que tu m'approuveras quel que soit ma décision. Je veux que tu sois fier de moi et des valeurs que j'applique sur cette île qui m'a accueilli. »

Antoine se leva et partit tranquillement vers sa maison qui va devenir leur maison.

Bien sûr en chemin, des gamins le suivirent. Comment échapper à leurs yeux malins sur une île si petite île où tout se sait.

Victorine fut triste de voir sa fille partir mais elle ne pouvait pas trouver mieux comme futur gendre.

Mari Jan prit les choses en main et la maison prit un air de joie. Ils ouvrirent le pen brao qui était resté fermé depuis la mort de la grand-mère et furent surpris de voir de très jolies choses bien rangées sur des étagères multicolores.

C'était comme la découverte d'un trésor. Mari Jan expliqua que cette pièce était réservée aux grandes occasions et que la vie de la maison restait le pen ludu.

Antoine avait cette capacité à ne pas juger et à respecter les traditions même si quelques fois elles étaient très loin de son éducation.

Chapitre 44
Mari Jan et Antoine

Mari Jan, folle de joie, était partie voir sa mère pour lui annoncer la demande d'Antoine et surtout pour qu'elle lui explique ce que cela voulait dire de vivre avec un homme.

Bien sûr, avec ses amies, elles avaient discuté de sexualité mais seules celles qui avaient « consommé » pouvaient donner des détails tout en faisant rigoler de gêne les autres gamines.

Quand on a que seize ans, c'est difficile de parler à sa mère. Mari Jan n'avait jamais vu son père faire preuve de tendresse envers sa maman et il était parti depuis longtemps.

Mais elle osa demander parce qu'elle voulait rendre heureux l'homme de sa vie.

Tout rouge, elle s'assit en face de sa maman chérie et celle-ci comprit tout de suite l'embarras de la jeune fille.

Aussi, Victorine lui prit la main et la laissa poser toutes les questions qui la tracassaient et répondit avec le plus de naturel à cette jeune fille un peu timide.

De retour dans « leur maison » et rassurée, Mari Jan prépara le repas.

Ce soir-là, pour la première fois, ils dînèrent ensemble et lorsqu'il lui prit la main pour l'amener vers le lit, ils découvrirent cette tendresse des mots et des gestes doux qui symboliseront leur vie maintenant.

Deux enfants, deux amants, Mari Jan se donna toute entière le corps avide d'amour et Antoine découvrit le corps d'une femme et le plaisir. Plus tard enlacés et tranquilles, ils se serrèrent l'un contre l'autre dans cette chaleur réconfortante.

Personne ne fut choqué de les voir ensemble et beaucoup pensait que là-bas en Angleterre, c'était sans doute l'usage.

Mari Jan chantait du matin au soir, rangeait, lavait, nettoyait « sa » maison tandis que continuait à défiler dans la salle des garnements toujours aussi curieux et espiègles.

Il fallut à Antoine faire preuve de persuasion pour n'accepter que les grands car son travail était de leur apprendre l'anglais et non de faire garderie. Les petits venaient avec la complicité de la jeune fille grappiller quelques gâteaux qu'elle posait sur le banc. U-s lui envoyaient des bisous la bouche pleine et Mari Jan riait avec eux.

Les jeunes garçons qui voulaient partir dans la navale faisaient beaucoup d'efforts pour apprendre l'anglais et Antoine n'hésitait pas à leur consacrer beaucoup de temps et à leur fournir un petit pécule avant leur départ.

C'est le cœur triste qu'ils les voyaient partir vers des terres inconnues et dangereuses mais c'était aussi un grand bonheur quand ils revenaient et n'oubliaient pas de leur rendre visite pour leur raconter leurs aventures.

Antoine s'isolait souvent pour repenser à sa vie d'avant, leur départ de l'Afrique du Sud et les projets, le voyage et ces rencontres extraordinaires avec des passagers si différents et sa Lili…

Alors il pleurait et se demandait comment ce naufrage abominable avait changé leurs espoirs en un destin tragique.

Mais ces questions restaient et resteraient sans réponse, il se levait alors et préparait ses cours pour la prochaine fois.

Les mois passaient entrecoupés par le rythme des saisons : les tempêtes qui se succèdent sans fin, les couchers de soleil merveilleux, les printemps pleins d'espoir, l'été magnifique trop souvent envahi par des touristes, les pêcheurs pressés de repartir en mer.

Antoine se plaisait volontiers à cette organisation et la présence de la jeune fille lui procurait une douceur et une tranquillité d'esprit. Il était souvent sollicité par le Maire pour rendre service et sa gentillesse faisait oublier la méfiance que les îliens avaient contre les anglais.

Antoine était un garçon curieux de tout, aussi passait-il beaucoup de temps à comprendre le mécanisme du télégraphe et discuter avec le responsable. Il regardait avec intérêt la fabrication de la farine dans les moulins si petits. Il arpentait souvent avec Mari Jan tous les sentiers de cette île magique et envoutante.

Il retourna plusieurs fois encore voir la guérisseuse pour ses maux de tête moins fréquents et surtout pour se rassurer sur la vie de Lili.

La femme ne changeait jamais de version et lui redisait que sa sœur vivait pas très loin de lui et qu'elle était heureuse et comme à chaque fois, elle s'endormait une bonne bouteille de Porta calée sur les genoux.

Les mois passaient, la vie suivait son cours dans une certaine plénitude. Le jour où la mère de sa compagne mourut, le jeune homme fut très affecté presque autant que Mari Jan car son accueil et sa bienveillance avaient beaucoup contribué à sa guérison et il était très attaché à cette bonne personne si simple et si gentille.

Il se permit d'organiser les funérailles et c'est ainsi que tous les deux venaient souvent parler à leur parent au cimetière avec naturel et complicité.

Avoir perdu ses parents les rapprocha encore plus et Antoine pensa que le destin les avait fait se croiser pour qu'ils forment une nouvelle famille.

Les mois où ils étaient bloqués par les tempêtes violentes, les coups de tabac à répétitions, Antoine apprit l'anglais à Mari Jan et celle-ci lui apprit le breton. Ils s'amusaient beaucoup à mélanger les deux langues.

La vie était très dure sur l'île et le jeune homme admirait la capacité des îliens à prendre la vie comme elle était sans se fâcher contre la mer et ses violences. Ces femmes et ces hommes courageux travaillaient avec acharnement dès que le temps le permettait pour cultiver leurs minuscules lopins de terre, d'entretenir les chemins, de ramasser le goémon, de partir à la pêche, de prier pour ceux partis « en Chine » et de s'entraider comme une communauté habituée à ne compter que sur elle-même.

Antoine sentait que s'il retournait un jour dans son pays natal, l'expérience de cette vie insulaire changerait sa vision de ce qu'il voudrait faire de sa vie plus tard et se rappelait sa Lili qui, elle, avait déjà cette simplicité des rapports humains malgré son jeune âge en ne faisant aucune différence de classe et jouant avec tous les enfants alors que lui, ne fréquentait que des jeunes de son niveau social voulu par son père.

Chapitre 45
En Angleterre

En Angleterre, la Reine Victoria, la compagnie Castle Line et les familles aisées des victimes discutèrent le meilleur moyen pour récompenser les lies d'Ouessant et de Molène et les personnes en particulier qui avaient porté secours aux naufragés.

Lorsque Charlie Marquardt, sur l'île de Ouessant, prévint la compagnie, il se croit le seul rescapé et crée une véritable panique chez les familles venues accueillir les passagers. Le manque d'informations et la difficulté des communications s'ajoutèrent à une profonde tristesse et une grande incompréhension sur les raisons du naufrage.

Antoine, dont les maux têtes augmentaient à chaque souvenir angoissant, n'assista pas aux cérémonies préparées par les anglais.

Mais il entendit le 27 juin, les trois coups de canon tirés de ! Epervier sur les lieux du naufrage.

Plus tard, après avoir revu la guérisseuse, il vit ce que les dons des autorités anglaises avaient été bien réfléchies et que la citerne d'eau potable rendrait un grand service sur l'île.

Il lui fit expliquer que chaque dalle : vingt-six dalles et deux petites représentaient les victimes enterrées à Molène.

Il fut très heureux de penser qu'une de ces dalles représentait son père et de ce fait participait à rendre plus facile la vie sur l'île.

Mari Jan lui apprit aussi que une nouvelle horloge fut donné pour le clocher de l'église et que de nombreuses médailles furent distribuées aux nombreuses personnes si dévouées.

Mais tout ce qui lui rappelait le Drummond Castle le rendait si triste que Mari Jan évita les mois suivants de lui en parler.

La vie reprit pour les Molènnais et il y eut beaucoup de naufrages après ce paquebot. Pourtant, pour les îliens, cette catastrophe resta gravée dans les mémoires pour plusieurs générations.

Chapitre 46
La chute de Sterenn

Sur l'île, la tempête faisait rage et il était difficile de rester debout tant le vent était violent.

Lili avait bien vérifié que « Joyeux » et la vache étaient à l'abri dans la petite grange avec les poules et les cochons pas très rassurés, blottis les uns contre les autres.

Yves avait toujours peur que l'île soit recouverte par la mer et les oblige à la quitter avec tous les dangers d'être reconnus sur Molène ou Ouessant.

Il n'avait pas la conscience tranquille car il avait entendu dire qu'un jeune anglais recherchait sa sœur et se promenait avec un médaillon de portrait qui ressemblait beaucoup à celui de Lili.

Une fois encore, il n'avait rien dit. Une fois encore sa mauvaise foi lui dictait de ne pas en parler à Sterenn. Une fois encore, il se tut préférant regarder ses deux amours ensemble plutôt que de tout perdre.

Il avait tellement menti à Sterenn qu'il ne pouvait revenir en arrière car Yves savait que la jeune femme le haïrait de lui avoir fait croire qu'elle avait tué le patron de Loïc et qu'elle vivait avec cette culpabilité depuis des années.

Le temps se calma et les angoisses du jeune homme aussi. Ils partirent tous les trois sur la plage voir s'ils pouvaient trouver du bois flotté avant qu'il ne reparte en mer à la prochaine marée.

Le sol était très glissant quand soudain Sterenn se prit le pied dans une racine et tomba brutalement la tête la première et la cogna violemment sur un rocher.

Lili et Yves se précipitèrent pour la secourir mais elle était gravement blessée. Ils la portèrent dans la maison, Lili était en pleurs et restait près d'elle sans pouvoir la quitter des yeux.

« Tu ne vas pas mourir, dis, ma petite maman, je ne veux pas te perdre, je ne veux pas te quitter « dit-elle en reniflant bruyamment. »

Mais Sterenn était très mal et la plaie était très importante. Yves sortit concocter un onguent avec des herbes et des fleurs. Il tremblait de tout son corps, perdu dans ses pensées.

Sterenn ouvrit les yeux et vit sa Lili près d'elle, les mains jointes qui faisait une prière.

« Lili ! dit-elle avec difficulté.

— Oui, ma petite maman, je suis là !

— Il faut que je te dise la vérité sur ce quit'es arrivée.

— Non, non repose toi, on en reparlera plus tard 1

— Non, ce sera trop tard, écoute moi »

Chapitre 47
Mort de Sterenn

Avec difficultés, Sterenn se redressa et prit la main de Lili :

« Tu sais que nous t'avons recueillie le lendemain du naufrage de ton paquebot le Drummond Castle. Yves avait appris qu'il n'y avait eu que trois rescapés qui faisaient partie de l'équipage et tous les autres passagers avaient péri.

Quand nous t'avons vu dans cette embarcation étrange, J'ai pensé que c'était le destin qui t'avait placée sur cette île alors que depuis des années je ne pouvais avoir d'enfant !

Comme un don du ciel, tu nous as considérés comme tes parents avec beaucoup de simplicité à notre grand étonnement.

— Mais vous êtes ma famille puisque tu dis que tout le monde est mort ! » répondit la gamine.

Sterenn leva la main pour continuer à parler.

« Regarde sous le lit et prends la boîte » dit la jeune femme.

Lili n'avait jamais vu cette cachette, sortit un coffret et trouva un médaillon qui lui rappelait vaguement des souvenirs.

« Voilà, c'est ta famille, ta vraie famille, tu peux voir que derrière le médaillon, il y a un château du nom des Lonsdale. Là-bas en Angleterre, tu as sûrement des oncles ou des tantes et peut être des cousins et cousines.

Nous n'avions pas le droit de te garder et nous n'avons pas informé les autorités que tu étais chez nous.

Nous nous sommes mal conduits envers toi par cette envie de créer notre propre famille sans penser à ton avenir et surtout à tes droits. »

La jeune femme reposa la tête sur l'oreiller, les larmes coulaient sans cesse le long de ses joues.

« Je te demande pardon, j'avais perdu mes parents et mon frère et je me retrouvais en toi. Je ne sais pas si tu nous pardonneras mais sache que nous t'avons aimée de tout notre cœur. »

Abasourdie par cette révélation, Lili resta silencieuse un long moment entre la joie de savoir qu'elle avait sans doute de la famille dans le pays de son père et la colère du mensonge qui avait duré si longtemps.

Pourtant en regardant Sterenn, elle ne pouvait pas lui en vouloir car toutes ces années après d'eux n'avaient été que du bonheur.

« Si un jour, je pars en Angleterre, je n'oublierais jamais ce que vous avez été pour moi, et je te pardonne parce que je t'aime, ma petite maman et que tu m'as aimée comme ta propre fille » répondit Lili.

A ces mots, un faible sourire apparut sur les lèvres blanches de Sterenn et elle mourut apaisée dans un dernier souffle en prononçant le nom de la petite. Lili l'entoura de ses bras et pleura.

C'est à ce moment-là, qu'Yves arriva à la maison chargé de fleurs et de plantes, il laissa tout tomber en voyant le visage de cire de sa compagne et se précipita vers le lit.

Il fit comme Lili et entoura de sas bras musclés le torse de sa bien- aimée et pleura comme jamais il n'avait pleuré de toute sa vie.

Pendant des années, il n'avait vécu qu'avec cette certitude qu'ils seraient toujours ensemble et rien ne pourrait les séparer.

Son monde, malgré la présence de Lili semblait n'avoir plus aucun sens et lorsque la gamine releva la tête, le visage tout rouge, il comprit qu'elle était la seule personne maintenant à le tenir en vie.

Il aperçut le médaillon que la petite serrait dans la main et comprit que Sterenn avait dû expliquer le secret de ses origines Yves prépara la tombe non loin de coin préféré de Sterenn et ils se retrouvèrent tous les deux en prière après avoir enterré le corps avec douceur et respect.

La maison avait perdu de son âme et chacun traînait sa tristesse au fil des jours. Ils ne parlaient presque plus et Lili se réfugiait de plus en plus longtemps auprès de son cheval avec qui elle partageait toute sa mélancolie.

Le visage d'Yves s'était fermé et durci, il sentait que Lili n'avait plus confiance en lui et avait beaucoup de questions qu'elle n'osait pas encore lui poser car il était le seul à quitter l'île régulièrement.

Allait-il lui mentir aussi pour la garder près de lui ?

Il n'avait eu le temps de dire la vérité à Sterenn avant qu'elle ne meure et cela l'arrangeait bien car elle était partie avec son plein d'amour de ces deux êtres qu'elle aimait tant.

Chapitre 48
Malo, le mousse

Un jour, alors qu'un bateau pêchait près de l'île, un mousse aperçut une magnifique silhouette d'une jeune fille, les cheveux blonds dans le vent debout près d'un petit cheval. Ils regardaient vers la mer, face au soleil. Le garçon ne pouvait pas quitter des yeux ce ravissant spectacle quand ils disparurent de sa vue soudainement.

Tout excité, il dit à son patron ;

« J'ai vu une fille sur l'île avec son cheval, tu aurais vu comme elle était belle !

« — Tais-toi et regarde plutôt ce que tu fais, t'as dû rêvé, ils sont que deux sur cette île, y a pas de gamine. C'est sans doute une Morgane qui te joue des tours »

Il lui asséna un bon coup de coude pour le ramener à la réalité et le pauvre garçon reprit son travail toujours sous le charme de ce qu'il venait de voir.

Pourtant toute la journée, Malo pensa à elle et à son beau cheval à la longue crinière. Le soir alors qu'il bavardait avec des copains de son âge assis au bord du quai, Antoine qui passait par là, l'entendit.

Son sang ne fit qu'un tour et il s'approcha.

« Dis-moi où tu as vu cette jeune fille ?

— Sur l'île de Balaneg, pourquoi vous voulez savoir ? »

— Dis-moi comment elle était, ma sœur a disparu depuis huit ans et je sais qu'elle est vivante, c'est la première fois que quelqu'un parle d'une fille aux chevaux blonds alors qu'ici, les filles ont toutes les cheveux noirs »

— Ouais, mais tout le monde se moque de moi et je me demande si j'ai rêvé car j'avais le soleil en pleine figure et mon patron n'a rien vu »

— Si je loue un bateau, tu pourrais me conduire là-bas, je te donnerai de l'argent.

— D'accord, vous voulez y aller quand ?

— Demain, il faut que j'en ai le cœur net, cela fait si longtemps que j'attends.

— Oui, mais demain il annonce une tempête alors on va attendre que ça se calme.

— Non ! Je veux demain, ne t'inquiète pas tu seras bien récompensé.

— Bon d'accord mais il faudra faire attention, c'est dangereux dans ce coin-là »

Les garçons qui l'accompagnaient, rigolaient et se moquaient de Malo mais celui-ci était satisfait que » cet homme le croyait et il ferait tout pour le contenter et serait aussi très heureux si cette gamine était réellement sa sœur.

Il connaissait l'histoire de ce garçon roux anglais qui vivait depuis le naufrage à Molène et savait aussi qu'il était généreux et très gentil.

Son grand frère s'était engagé dans la marine et parlait couramment anglais grâce à Antoine.

11 ne pouvait refuser et partit prévenir son patron pour qu'ils puissent partir ensemble dès le lever du jour.

Chapitre 49
Première approche de l'ile

Malgré la réticence de Mari Jan à le voir partir, elle le laissa se préparer car son regard déterminé en disait long sur sa décision.

La jeune femme était enceinte à leur grande joie. Leur amour était très profond fait de solidarité, de bienveillance et d'humour.

Elle avait très peur qu'il se retrouve en mer avec ses souvenirs douloureux et qu'il panique à la vue des flots noirs ;

Dès le lever du jour et malgré de gros nuages noirs à l'horizon, ils partirent à trois car le patron ne pouvait pas confier son bateau à un mousse. L'appât du gain avait été le plus fort même s'il ne croyait pas un mot de ce que le gamin avait dit.

A peine sortis du port, la mer se gonfla soudainement et l'orage éclata juste au-dessus de leur tête comme un avertissement à ne pas continuer.

Antoine était terrorisé mais faisait des efforts surhumains pour ne pas leur montrer mais c'était terrifiant ce déchaînement de pluie et de vagues gigantesques.

Il était impossible de continuer sans mettre leurs vies en danger.

« On rentre » dit Emile le patron.

Avec fermeté, il fit demi-tour pour rentrer au port et Antoine, trempé, revint la tête basse à la maison.

Comme toujours, Mari Jan, malgré son gros ventre, prit soin de lui et le réchauffa avec douceur avec un bon bol de lait chaud et du miel et une grosse couverture sur ses épaules près de la cheminée.

« Ne t'inquiète pas, si Lili est là-bas tu vas la retrouver et on sera enfin tous réuni »

Il lui fit un petit sourire triste et resta le regard fixé vers le feu de bois pendant de longues minutes.

Peut-être se dit-il que je suis près du but, il ne faut rien lâcher dès qu'il fera beau, on y retournera et là je verrai bien si c'est elle ou pas.

Il se leva, prit la main de Mari jan et ils restèrent lovés l'un contre l'autre tandis que dehors, les éléments se déchaînaient.

Chapitre 50
Antoine arrive sur l'Île

A Molène, Antoine trépignait d'impatience de retourner à Balaneg. Le récit du garçon l'obsédait tellement qu'il n'arrivait plus à dormir ni manger.

Ce fut une grande joie quand le mousse vint le prévenir que son patron était d'accord pour retourner sur les lieux.

Malgré sa peur maladive de la mer, il se précipita au port à grandes enjambées suivi par le gamin qui avait du mal à le suivre tant Antoine marchait vite.

Mari Jan, restée à la maison, pria de tout son cœur pour qu'il trouve enfin sa sœur et la paix. Malgré tout leur amour, elle sentait bien qu'il ne pourrait être heureux que lorsque sa Lili serait dans ses bras.

Antoine grimpa sur le bateau et ils s'éloignèrent de Molène. L'angoisse du jeune homme et le manque de nourriture fit que le pauvre garçon fut malade comme un chien tout le long de la traversée sous les yeux désolés du patron et de Malo.

« J'espère que tu as dit la vérité, mon gars, car Antoine est un brave garçon et je ne voudrais pas qu'il soit déçu depuis le temps qu'il espère. » dit le patron.

— Moi non plus, je t'assure que je l'ai vue.

— Bon, on verra, on arrive, aide moi ! »

Mais Yves avait vu de loin le bateau approcher de son île et tout de suite reconnu le grand jeune homme roux qui se tenait à bord.

Il comprit tout de suite qu'il allait lui prendre sa fille. Il se précipita vers la maison et cria à Lili :

« Des hommes arrivent, ce sont des mauvaises personnes, il faut que tu te caches, dépêche-toi ! viens je te dis ! »

— Mais, qu'est-ce que tu racontes ? » demanda Lili très surprise.

Malgré ses protestations, il la traîna de force vers une trappe secrète tout près du poulailler et l'enferma à clé. Elle était tellement terrorisée qu'elle n'osait plus crier et se recroquevilla dans un coin noir se heurtant à de nombreux objets.

Yves reprit sa place près de la maison faisant semblant de ramander ses filets mais l'œil aux aguets.

« Salut, Yves, comment vas-tu ? On vient te voir car ce nigaud de mousse affirme qu'une jeune fille blonde vit sur l'île avec ta femme et toi » demanda le patron qui connaissait le jeune homme depuis très longtemps.

— Non, on n'a pas eu d'enfant, c'est sans doute ma femme qu'il a vu ! Elle était petite et menue c'est peut-être pour cela qu'il a cru voir une fille ! répondit Yves.

« On peut voir ta femme ?

A ces mots, Yves sentit les larmes lui brouiller la vue.

— Elle est morte il y a deux jours d'une chute sur un rocher, sa tombe n'est pas loin venez si vous voulez ! »

Yves les conduisit sur la tombe fraîche et Antoine, la tête baissée, comprit qu'il avait fausse route.

Toutefois le gamin n'avait pas l'air convaincu.

« Elle avait un petit cheval avec elle » affirma-t-il.

— Oui, c'est vrai, il est à côté, regardez le voilà »

En effet, « Joyeux » arriva toujours curieux de voir du monde.

Il s'approcha des trois hommes et à leur grande surprise, « Joyeux » posa sa tête sur l'épaule d'Antoine qui le caressa les larmes aux yeux.

« Je crois qu'il comprend toujours quand les gens sont tristes, c'était son compagnon et elle l'aimait beaucoup ! répondit Yves très gêné de l'attitude du petit cheval de Lili.

— Nous sommes désolés pour toi mais ce gars cherche sa sœur depuis des années et on a cru enfin la retrouver dit le patron.

— Si nous avions trouvé une enfant, nous aurions prévenu les autorités, mentit Yves.

— Très bien, bon, nous repartons, excuse le dérangement et bon courage pour rester seul sur cette île perdue.

— Ça ira, j'ai eu l'habitude avant de rencontrer Sterenn, merci de votre visite. »

Soulagé de les voir partir, Yves attendit que le bateau soit loin pour ouvrir à Lili qui sortit furieuse d'avoir été enfermée.

« C'était qui ces gens, je les ai entendus parler mais je n'ai rien compris.

— Mon père a eu à faire avec ces acheteurs de bijoux qu'on ramassait lors des naufrages et ils étaient venus m'en acheter sachant que je fais comme mon père, ce sont des personnes violentes et je ne veux pas avoir à faire à eux, j'ai déjà mes clients au Conquet, ils veulent surtout des objets de grande valeur, c'est pour cela que je t'ai cachée. » expliqua-t-il avec aplomb.

« D'ailleurs, tu étais sur le fameux trésor de mon père et qui m'a servi de monnaie d'échange pour vous acheter des nombreux cadeaux » répondit-il fièrement.

En effet, maintenant que la cachette était ouverte, elle vit de très nombreux objets brillants au soleil, tels des vases, des miroirs…

Sterenn et elle n'avaient jamais soupçonné ce trésor presque sous leurs pieds.

Ne pouvant le contredire, elle repartit vers la maison pour faire le repas mais son instinct lui disait que ces explications devaient cacher des secrets et le regard d'Yves quand ils furent à table confirma ses doutes.

Chapitre 51
La vérité

Les jours étaient interminables, les tempêtes se succédèrent sans qu'un seul rayon de soleil perce le ciel tourmenté.

Le temps était vraiment exécrable et Antoine tournait en rond comme un lion en cage incapable de se concentrer sur ses cours d'anglais. Les enfants voyaient bien qu'il était contrarié et restaient sages pour ne pas l'énerver.

Mari Jan essayait d'être à son écoute mais le jeune homme piaffait d'impatience.

« Je suis sûr qu'on est près du but, plus je repense à cette visite, plus je pense qu'Yves nous a menti. »

Alors avec cette douceur qui la caractérise, elle s'approcha de lui et l'entoura de ses bras chauds pour le consoler.

« Tu sais maintenant que ce n'est qu'une question de temps, vous allez vous retrouver et ce sera une grande joie !

— Oui, tu as raison mais la guérisseuse a dit qu'elle est en danger alors j'ai peur d'arriver trop tard »

Antoine posa sa tête sur le ventre arrondi de sa compagne et rit de sentir ce petit être cogner contre ses joues.

« Ce bébé va être très costaud parce que j'ai l'impression qu'il veut sortir »

— Je crois qu'il veut lui aussi assister à vos retrouvailles » répondit Mari Jan en souriant.

Sur l'île, l'ambiance avait beaucoup changé depuis la mort de Sterenn et surtout depuis la visite d'Antoine.

Yves se sentait mal à l'aise quand son regard croisait celui de Lili et il avait l'impression qu'elle devinait quelque secret bien gardé depuis plusieurs années.

Au cours d'un repas, n'y tenant plus elle dit :

« Je sais que vous m'avez recueillie quand j'étais petite et maman m'a dit que vous n'aviez pas prévenu les autorités de ma présence sur l'île parce que vous pensiez que je n'avais plus de famille mais maman a dit que, peut-être, là-bas, en Angleterre j'avais encore des parents alors je veux savoir si c'est vrai et je veux les voir. »

Pris de cours, Yves se mit dans une colère noire et hurla sur la gamine abasourdie par un comportement qu'elle ne connaissait pas de son papa.

« Ici, c'est chez toi, il n'y a personne qui t'attend, tu dois rester ici avec moi, tu n'as pas le droit de m'abandonner, je suis seul et je veux te garder pour toujours près de moi ! »

Il était pathétique et sa colère s'expliquait surtout par sa peur de se retrouver isolé sur ce morceau de caillou qui n'avait plus du tout le goût du bonheur passé, la mort de Sterenn le faisait complètement paniqué et il ne se contrôlait plus.

Il balança la vaisselle sur le sol et sortit.

Lili, encore choquée, sortit de sa poche de robe, le médaillon des Lonsdale et se mit à pleurer. C'était la première fois qu'elle se sentait prisonnière et commençait à avoir très peur d'Yves.

« Il faut que je parte ! » décida-t-elle.

Mais dehors, le vent avait redoublé de force et le ciel presque noir n'encourageait pas à s'enfuir.

« Dès que je peux, je pars » se dit-elle.

Quelques heures plus tard, des éclaircies traversèrent l'horizon et elle sortit bien décidée à trouver un moyen de s'en aller.

Elle aperçut Yves agenouillé près de la tombe de sa compagne, il parlait fort. Intriguée, Lili s'approcha pour écouter :

« Tu te rends compte ma chérie, son frère est venu jusqu'ici pour la voir, il attend depuis des années avec la promesse qu'il a faite à sa mère de la chercher. Mais moi, je ne veux pas qu'elle me quitte, tu comprends, on était si bien ensemble tous les trois, pourquoi tu nous as quittés, je suis si triste sans toi et je ne veux pas finir comme un chien abandonné. »

Lili n'en croyait pas ses oreilles, son frère la cherchait depuis le naufrage et elle comprit alors pourquoi il l'avait enfermée ce jour-là.

« Mon Dieu, mon frère me cherche, mon Toine adoré est resté pour me chercher et moi je ne savais rien. »

Un immense sentiment d'injustice et une très violente colère envahit son corps et elle fonça sur Yves :

« Comment avez-vous pu faire une chose pareille, me priver de mon frère, vous n'êtes que des égoïstes, c'est monstrueux ! »

Penaud, Yves lui avoua que Sterenn ne savait pas que son frère la cherchait parce qu'elle ne quittait jamais l'île et lui, lui racontait que ce qu'il voulait.

« De toute façon, tu ne pourras pas me quitter, j'y veillerai, crois moi ! « dit-il les dents serrées en s'éloignant vexé que la gamine ait tout entendu.

Chapitre 52
L'évasion de Lili

Le climat était de plus en plus tendu entre Lili et Yves. Celui-ci la suivait partout et elle se sentait piégée comme un animal.

« Joyeux » était le seul à la consoler. Le petit cheval posait sa tête sur l'épaule de la gamine avec douceur et c'était un grand réconfort pour cette toute jeune fille qui avait du mal à comprendre l'attitude d'Yves, lui qui avait été si gentil avec elle.

Sterenn ne savait rien de ce qui s'était passé lors du naufrage en dehors de ce qu'Yves lui avait raconté. Pour garder sa compagne, il semblait n'avoir eu aucun scrupule à lui mentir.

Elle n'en voulait pas à sa maman sachant maintenant que son isolement avait permis à son compagnon de la tenir soumise et ignorante.

Lili se demandait comment elle pourrait s'échapper de l'île. Elle savait qu'il lui faudrait voler le bateau mais elle n'avait aucune notion des dangers de la mer et surtout elle ne connaissait pas la distance qui la séparait de son frère.

Un jour, elle prit la décision. Sterenn donnait à la petite des potions pour dormir quand celle-ci faisait des cauchemars. Lili décida d'en mettre une bonne dose dans la soupe d'Yves. Prétextant, avoir mal au ventre, elle n'en mangea pas et se coucha.

Il ne fallut pas longtemps pour que le jeune homme sombrât dans un profond sommeil. Avec précautions, elle sortit de son lit et de la maison.

« Joyeux » l'attendait et Lili n'eut pas le courage de le laisser. Elle le fit monter dans le bateau, poussa de toutes ses forces la barque et sauta à son tour.

Lili était complètement paniquée car le bateau ne bougeait pas et elle essaya avec les rames de s'éloigner du rivage avec la peur de voir.

Yves apparaître. Une vague l'aida à partir mais de grosses vagues vinrent secouer le bateau sans que la gamine ne sache comment le diriger.

la pauvre Lili ballotée par la mer se sentait très mal et des souvenirs commencèrent à envahir son esprit. Elle voyait du brouillard, entendait des cris, des bruits bizarres de craquement : c'était très flou mais très présent.

Elle se mit à vomir. « Joyeux » essayait de tenir sur ses pattes malgré le roulis de plus en plus fort.

Epuisée, la gamine s'évanouit laissant au destin de la porter vers la terre.

Au bout de quelques heures d'errance, Lili sentit quelque chose cogner contre le bateau mais trop fatiguée, elle ne bougea pas.

Toutefois elle perçut des voix jeunes qui s'approchaient.

« Eh ! Les gars, va prévenir Malo, sa fée de Balaneg est revenue de chez les morts. »

« Tu vois qu'il avait raison, il y a même le petit cheval ! »

Un peu penauds de s'être si souvent moqué de Malo, deux des garçons coururent le prévenir.

Les autres restés n'osaient pas s'approcher trop près de la jeune fille et du cheval qui paraissait la protéger, bien campé sur ses pattes courtes.

Il ne fallut longtemps pour que Malo déboule sur la plage et découvre enfin cette jeune fille qu'il avait vue là-bas et il en était très fier.

« Vous voyiez que je ne disais pas des conneries, aidez-moi à la sortir !

Ils la portèrent sur l'herbe et Malo la recouvrit de son gros pull, toujours accompagné par « Joyeux » qui ne la quittait pas. Il dut reconnaître le jeune garçon car il s'approcha de lui avec douceur comme pour le remercier.

« Je la porte jusqu'à la maison et je vais prévenir Antoine, Mon Dieu comme je suis heureux ! »

Lili se réveilla nauséeuse et très pâle. Quand la mère de Malo la vit, elle s'empressa de la poser dans son lit sous de grandes couvertures et lui donna une tisane au miel.

« Bonjour jolie fée comme t'appelle mon fils, tu es à Molène, repose toi. » dit Bernadette.

Baignée par une douce chaleur et ses mots réconfortants, elle se rendormit.

Malo était tout excité, ce matin son patron, Antoine et Lui devaient partir revoir Yves et lui faire dire la vérité.

Chapitre 53
Les retrouvailles

Malo courait vers la digue où devaient attendre Antoine et son patron mais le jeune homme n'était pas présent :

« Il est où, Antoine ? On a retrouvé sa sœur !

— Non, C'est pas vrai, tu rigoles ou quoi ?

— Pas du tout, il faut le prévenir, pourquoi il n'est pas avec vous ?

— Je ne comprends pas moi non plus, ça fait une heure que j'attends, vas chez lui voir ? »

Malo repartit vers la maison qu'il connaissait bien et à sa grande surprise, il trouva Antoine très anxieux et paniqué.

« Qu'est-ce qu'il y a ? demanda le garçon intrigué.

— Mari Jan va avoir notre bébé et j'attends Marguerite pour qu'elle l'aide à accoucher, elle va bientôt arrivée et nous irons voir Yves dès que je serai papa pas avant, je lui dois bien ça d'être présent après tout ce qu'elle a fait pour moi ! Tu venais me chercher pour partir ?

— Euh ! Je venais te dire que mes copains et moi, nous avons trouvé une jeune fille sur la plage à côté de son petit cheval qui reste collé à elle, je crois, non, je suis sûr que c'est ta sœur ! »

La surprise fut telle qu'Antoine faillit tomber par terre, rattrapé de justesse par le garçon au moment même où apparut Marguerite.

« Ben, alors, petite nature, allez ouste dehors ! »

Complètement perdu, Antoine prit le temps le prévenir Mari Jan sous le regard agacé de l'accoucheuse :

« Vas mon chéri, je ne vais pas mettre notre bébé tout de suite, cours voir si c'est bien elle et reviens vite » dit La jeune femme.

Antoine ne savait plus où il devait être : près de sa femme ou courir vers sa sœur.

Avant de partir, il demanda à Malo de lui dire s'il avait remarqué une tache en forme de cœur sur l'épaule gauche de la fille.

Mais le garçon ne put lui confirmer.

Antoine sauta sur son vélo, le garçon accroché à lui et partit à perdre haleine vers la maison de Bernadette.

Entre la peur d'être une nouvelle fois déçu et une joie intense de la retrouver, Antoine tremblait, arrivé devant la porte.

Il restait là bloqué, le cœur prêt à exploser.

Bernadette lui ouvrit et il découvrit une toute jeune fille aux cheveux d'or qui dormait tranquillement. Son bras sortait des draps et il vit la petite tache.

Il n'y avait plus aucun doute. Que du bonheur ! Enfin ! Toutes ces années à chercher, à douter, à désespérer, Lili était là devant lui, toujours aussi jolie avec sa petite bouche boudeuse.

Lili se réveilla et surprise vit un visage penché sur elle. Soudain, elle se rappelait, tout redevenait clair :

« Lili ?

— Toine ? »

Tout intimidé, Toine ne bougeait pas, tant l'émotion était forte.

Mais Lili, lui sauta dans les bras comme elle faisait quand elle était petite.

Alors ils se serrèrent avec tout ce trop-plein d'amour, pleuraient de joie, ils se mirent à tourbillonner dans la pièce sous les regards attendris de Malo et Bernadette.

« C'est bien toi mon Toine, Malo m'a dit que tu n'étais pas parti en Angleterre pour me chercher, tu n'as jamais abandonné, tu es mon grand frère adoré et merci, je ne savais pas tout ça. »

Ils se regardaient droit dans les yeux, caressant leur visage pour retrouver leurs souvenirs d'enfance quand tout allait bien.

Antoine dit : « je te raconterai tout mais il faut que je te dise que Mari Jan ma femme, va bientôt accoucher, je crois que ce bébé a très envie d'être là quand nous allons être tous ensemble »

Soudain un gamin entra dans la maison et cria à Antoine :

« Faut que tu viennes ton bébé arrive »

Accroché à sa sœur comme si elle allait encore disparaître, il ne pouvait la quitter. C'était une jolie jeune fille et le regard de Malo en disait long sur son charme.

Bernadette prit les choses en main et dit :

« Vas voir ta femme et ton bébé, nous allons nous occuper de ta sœur, ne t'inquiète pas, dépêche-toi, tu as raison il faudra prendre du temps pour raconter votre vie passée et surtout construire la nouvelle qui va être merveilleuse »

Convaincu, Antoine partit rejoindre sa maison et les îliens s'amusèrent de revoir passer devant eux, ce grand jeune homme pédalé comme un fou le sourire aux lèvres, heureux comme if ne l'avait jamais été.

Mari Jan avait l'air fatiguée mais radieuse portant son nouveau-né près d'elle. Elle sut dès l'entrée de son compagnon que Lili était bien la jolie jeune fille de l'île.

Il tremblait de joie et embrassa sa femme et son bébé tout dodu.

« Je suis l'homme le plus heureux du monde « dit-il en pleurant la tête posée sur l'oreiller près de ses amours.

Il prit le bébé dans ses bras et après l'approbation de Mari Jan, il fut décidé qu'il s'appellerait Charles comme son arrière-grand-père.

Il raconta la découverte de Lili par les garçons et la jeune femme avait hâte qu'elle vienne chez eux car c'était sa maison aussi.

Quand Lili apparut, Mari Jan ne put retenir ses larmes. Depuis qu'elle connaissait Antoine, il n'avait jamais perdu espoir et maintenant elle était là ses cheveux magnifiques couleur d'or et qui encadraient un visage d'enfant espiègle.

« Joyeux » aussi voulait faire partie de la fête et il fut autorisé à entrer pour une fois dans la maison et aussitôt, il alla renifler Charles comme s'il le considérait comme une personne importante dans la famille. Puis il se retourna vers Antoine et comme la première fois, il posa la tête sur l'épaule du jeune homme très troublé par ce petit cheval si sensible et bienveillant.

« Malo m'a aussi dit que "Joyeux" avait fait la même chose quand vous êtes venus sur l'île » dit la gamine en caressant son cheval.

— Oui c'est vrai mais je n'avais pas compris le message pourtant je me doutais que s'ils étaient gentils avec toi, ils auraient peut être acheté ce petit cheval pour te faire plaisir. »

— C'était vrai, mais je te raconterai plus tard moi aussi » répondit elle en se penchant vers Charles et le prit dans ses bras.

Aussitôt le bébé attrapa le doigt de Lili ce qui fit beaucoup rire Antoine et les autres quand Antoine raconta son premier contact avec sa sœur à sa naissance.

Il fallut beaucoup de persuasion à Antoine pour que toute l'île ne défile pas dans la maison, ce retour de Lili près des siens, fut très commenté dans les chaumières.

Le maire vint demander des renseignements sur ce qui s'était passé pendant toutes ces années et ne décolérait pas de la conduite d'Yves et de Sterenn.

Comment avaient-ils pu garder cette enfant sans réfléchir aux conséquences sur Lili et sur sa famille car Yves savait très bien qu'Antoine la cherchait ?

Il prévint les autorités pour arrêter Yves malgré le refus de Lili de l'accabler, mais quand ils arrivèrent sur l'île, ils le trouvèrent pendu. Sur la table, un simple mot sur un papier « pardon ».

Lili pleura beaucoup car une partie de sa jeune vie restait là-bas. Elle avait été très heureuse et aimée et cela, Lili ne l'oubliera jamais.

Les animaux récupérés de l'île agrandirent le cheptel d'Antoine et la jeune fille demanda à retourner de temps en temps sur la tombe de Sterenn.

Antoine conduisit Lili au cimetière. Tous les deux serrés l'un contre l'autre prièrent de longues minutes :

« Voilà Papa, j'ai tenu ma promesse, j'ai retrouvé Lili, tu peux partir tranquille même si Maman est quelque part dans la mer, je suis sûr qu'elle est fière de moi »

Mari Jan arriva doucement derrière eux.

« Papa, je te présente ma femme Mari Jan qui m'a sauvé la vie avec sa maman et le petit bout de chou qu'elle tient, est ton petit fils Charles. »

« Dont je suis la marraine bien sûr ! » dit Lili toujours aussi coquine.

Les présentations terminées, ils revinrent vers leur maison.

Ils avaient décidé qu'ils ne partiraient pas en Angleterre pour le moment. Trop de souvenirs, trop d'évènements perturbaient encore les jeunes gens. Lili était très stupéfaite par les nombre de morts pendant le naufrage, des gens qu'elle avait dû croiser lors du voyage comme le poète si distingué ou la jolie soubrette qui était venue aider sa maman à s'habiller.

Malgré tout, la gamine reprit vite, ses habitudes de courir partout, toujours aussi curieuse.

Lili partait des heures entières avec Malo et les autres enfants faire le tour de l'île dont elle commençait à connaître tous les secrets. Elle était heureuse, choyée par Mari Jan qui se prenait aussi pour sa grande sœur. Antoine reprit ses cours d'anglais avec Lili et Mari Jan s'occupait de son petit Charles qui ne s'endormait qu'avec la gamine le doigt serré sur le sien.

Peu importe ce que l'avenir sera fait, tous les quatre avaient envie de profiter simplement d'être ensemble, enfin réunis et plus personne ne les séparerait.

Achevé d'imprimer chez SoBook le 24-12-2021

Linselles - France

N° impression : 744 718